U0947584

孙犁最喜欢的藏书票
孙晓玲提供

陋巷集

耕堂文录十种

孙犁 著

天津出版传媒集团
百花文艺出版社

图书在版编目（CIP）数据

陋巷集 / 孙犁著. —天津：百花文艺出版社，
2012.5(2023.4 重印)
(耕堂文录十种)
ISBN 978-7-5306-6103-1

Ⅰ. ①陋… Ⅱ. ①孙… Ⅲ. ①中国文学–当代文学–
作品综合集 Ⅳ. ①I217.2

中国版本图书馆 CIP 数据核字(2012)第 091433 号

陋巷集
LOUXIANG JI
孙犁 著

出 版 人： 薛印胜
责任编辑： 徐福伟
封面设计： 郭亚非　　**版式设计：** 郭亚红
出版发行： 百花文艺出版社
地址： 天津市和平区西康路 35 号　　**邮编：** 300051
电话传真： +86-22-23332651（发行部）
+86-22-23332656（总编室）
+86-22-23332478（邮购部）
网址： http://www.baihuawenyi.com
印刷： 天津新华印务有限公司
开本： 787 毫米×1092 毫米　1/32
字数： 153 千字
印张： 10.125
版次： 2012 年 6 月第 1 版
印次： 2023 年 4 月第 2 次印刷
定价： 66.00元

如有印装质量问题，请与天津新华印务有限公司联系调换
地址：天津东丽开发区五经路 23 号
电话：(022)58160306　邮编：300300

晚華凝秀露，劫後見霜容。
澹定就遠道，鏗然摭佳桐。
尺澤連滄海，陋巷接飛鴻。
文氣如雲舒，直聲盈蒼穹。
幾亂何足道，秋士文自雄。
雖曰老荒矣，凌雲志更宏。
無為思有為，芸齋豈荒蕪。
曲終能再奏，大雅貫長虹。
十集成一帙，功如岱宗崇。

余衰病之年曾君鎮南屢作文懷贊勉之辭近又作五古一首嵌拙作十書於內詞有魏晉風神聲音清越余喜而录之

一九九五年五月廿日上午

孫犁

孙犁送给女儿晓玲的书法手迹，乃抄录自曾镇南为孙犁晚年十本小集所作的题诗，其中嵌入了这十本小集的全部书名

一九八二年孙犁在天津多伦道寓所

二十世纪八十年代孙犁在天津多伦道寓所

学湖里寓所“耕堂”内孙犁的写字台,这就是他写作的环境

目 录

《善闇室纪年》摘抄

一九一三年至一九四九年

一九一三年(旧历癸丑),即民国二年,阴历四月初六日,生于河北省安平县东辽城村。村一百余户,东至县城十八里,西南至子文镇三里。子文四、九日有集,三、十月有药王庙会,农民买卖,都在此地。

我上有兄、姐五人,下有弟弟一人,都殇。听母亲说,家境很不好,一次产后,外祖母拆一破鸡笼为她煮饭。我出生时,家已稍裕。父亲幼年,由招赘在本村的一个山西人,吴姓,介绍到安国县学徒,后来吃上了股份,买了一些田,又买了牲口车辆,叫叔父和二舅父拉脚。家境渐渐好转。

我出生后,母亲无奶。母亲说,被一怀孕堂婶进屋“沾”

了去，喂以糊。体弱，且有惊风疾，母亲为我终年烧香还愿。惊风病到十岁时，由叔父带我至伍仁桥一人家，针刺手腕（清明日，连三年），乃愈。

一九一九年，六岁，入本村小学。冬季，并上夜学。父亲给我买了一盏小玻璃煤油灯，放学路上，提灯甚乐。我家每年请先生二次，席间，叔父嘱以不要打，因我有病。

一九二四年，十一岁，随父亲至安国县上高级小学。初读文学刊物、书籍，多商务印。

一九二六年，十三岁，考入保定育德中学。保定距安国一百二十里，乘骡车。父亲送考，初考第二师范未取，不得已改考中学，中学费大。

一九二七年，十四岁。休学一年，从寒假起。实系年幼想家，不愿远离。这一年，革命军北伐，影响保定，学校有学潮，我均未见，是大损失。父亲寄家“三民主义”一册，咸与维新之意。是年定婚黄城王氏。越明年，遂与结婚。

一九二八年，十五岁。寒假后复学，见学校大会堂已写上总理遗嘱等标语。作文课，得国文老师称许，并屡次在学刊发表，有小说，有短剧。初中四年期间，除一般课程外，在图书馆借读文学作品。

一九三一年，十八岁。升入本校高中，为普通科第一部，类似文科。其课程有：中国文化史、欧洲文艺思潮史、名学纲要、中国伦理学史、中国哲学史、社会科学概论、科学概论、生物学精义等，知识大进。

读政治经济学批判等经典著作，并作笔记，习作文艺批评，并向刊物投稿，均未用。那时的报刊杂志，多以马列主义标榜，有真有假。真的也太幼稚、教条。然其开拓之功甚大。保定有地下印刷厂，翻印各类革命书籍，其价甚廉，便于穷苦学子。开始购书。

攻读英文，又习作古文，均得佳评。

“九一八”事变。

一九三三年，二十岁，高中毕业。“一·二八”事变。

高中读书时，同班张砚方为平民学校学长，聘我为女高二级任。学生有名王淑珍者，形体矮小，左腮有疤陷，反增其娇媚。眼大而黑，口小而唇肥，声音温柔动听，我很爱她。遂与通信，当时学校检查信件甚严，她的来信，被训育主任查出，我被免职。

平校与我读书之大楼，隔一大操场，每当课间休息时，我凭栏南向，她也总是拉一同学，站立在她们的教室台阶上，凝目北视。

她家住在保定城内白衣庵巷，母亲系教民，寡而眇一目,曾到学校找我一次。

以上是三十年代,读书时期,国难当头,思想苦闷,于苦雨愁城中,一段无结果的初恋故事。一九三六年,我在同口教书,同事侯君给我一张保定所出小报,上有此女随一军官,离家潜逃,于小清河舟中,被人追回消息,读之惘然。从此,不知其下落。

一九三四年,二十一岁。春间赴北平谋事,与张砚方同住天仙庵公寓。张雄县人,已在中大读书。父亲托人代谋市政府工务局一雇员职。不适应,屡请假,局长易人,乃被免职。后又经父亲托人, 在象鼻子中坑小学任事务员,一年后辞。

在此期间,继续读书,投稿略被采用。目空一切,失业后曾挟新出《死魂灵》一册,扬扬去黑龙潭访友,不为衣食愁,盖家有数十亩田,退有后路也。

有时家居,有时在北平,手不释卷,练习作文,以妻之衣柜为书柜,以场院树荫为读书地,订《大公报》一份。

一九三六年,二十三岁。暑假后,经同学侯士珍、黄振宗介绍,到安新县同口小学教书。同口系一大镇,在白洋淀边。镇上多军阀,小学设备很好。我住学校楼上,面临大街。有余钱托邮政代办所从上海购新书,深夜读之。暇时到淀边散步，长堤垂柳，颇舒心目。

同事阎素、宋寿昌，现尚有来往。在津亦时遇生徒，回忆彼时授课，课文之外，多选进步作品，“五四”纪念，曾作讲演，并编剧演出。深夜突击剧本，吃凉馒头，熬小鱼，甚香。

是年，双十二事变。

一九八五年八月三十日抄

一九三七年，二十四岁。暑假归家，七七事变起，又值大水，不能返校。(原在同口小学任教)国民党政权南逃。我将长发剪去，农民打扮，每日在村北堤上，望茫茫水流，逃难群众，散勇逃兵。曾想南下，苦无路费，并无头绪。从同口捎回服装，在安国父亲店铺，被乱兵抢去。冬季，地方大乱。一夜，村长被独撅枪打倒于东头土地庙前。

一日，忽接同事侯聘之一信，由县政府转来。谓彼现任河北游击军政治部主任，叫我去肃宁。我次日束装赴县城，见县政指导员李子寿。他说司令部电话，让我随杨队长队伍前去。杨队长系土匪出身，他的队伍，实不整饬。给我一匹马，至晚抵肃宁。有令：不准杨队长的队伍进城。我只好自己去，被城门岗兵刺刀格拒。经联系见到宣传科刘科长，晚上见到侯。

次日，侯托吕正操一参谋长，阎姓，带我到安国县，乘大卡车。风大，侯送我一件旧羊皮军大衣。

至安国，见到阎素、陈乔、李之琏等过去朋友，他们都在吕的政治部，有的住在父亲店铺内。父亲见我披军装，以为已投八路军，甚为不安。

随父亲回家，吕之司令部亦移我县黄城一带。李之琏、陈乔到家来访，并作动员。识王林于子文街头，王曾发表作品于《大公报》“文艺”，正在子文集上张贴广告，招收剧团团员。

编诗集《海燕之歌》(国内外进步诗人作品)，后在安平铅印出版，主持其事者，受到黄敬的批评，认为非当务之急。后又在路一主编的《红星》杂志上，发表论文：《现实主义文学论》、《战斗的文艺形式论》，在《冀中导报》发表《鲁迅论》。均属不看对象，大而无当。然竟以此扬名，路一誉之为“冀中的吉尔波丁”云。

一九三八年，二十五岁。春，冀中成立人民武装自卫会，史立德主任，我任宣传部长。李之琏介绍，算是正式参加抗日工作。李原介绍我做政权工作，见到了当时在安平筹备冀中行署的仇友文。后又想叫我帮路一工作，我均不愿。至高阳等县组织分会,同行者有任志远、胡磊。

八月,冀中于深县成立抗战学院,院长杨秀峰,秘书长吴砚农,教导主任陈乔、吴立人、刘禹。我被任为教官,讲抗战文艺及中国近代革命史。为学院作院歌一首。学院办两期,年终,敌人占据主要县城,学院分散,我带一流动剧团北去,随冀中各团体行动。

大力疏散,我同陈肇又南下,一望肃杀,路无行人,草木皆兵,且行且避。晚至一村,闻陈之二弟在本村教民兵武术,叫门不应,且有多人上房开枪。我二人急推车出村,十分狼狈。

至一分区,见到赵司令员,并有熟人张孟旭,他给我们一大收音机,让抄新闻简报。陈颇负责,每夜深,即开机收抄,而我好京戏,耽误抄写,时受彼之责言。

后,我俩隐蔽在深县一大村庄地主家,村长为我们做饭,吃得很好。地主的儿子曾讽刺说:"八路军在前方努力抗日,我们在后方努力碾米。"

曾冒险回家,敌人扫荡我村刚刚走,我先在店子头表姐家稍停留,夜晚到家睡下,又闻枪声,乃同妻子至一堂伯家躲避。这一夜,本村孙山源被绑出枪毙,孙为前县教育局长,随张荫梧南逃,近又北来活动。

时,刁之安为我县特委,刁即前述我至京郊黑龙潭所访之育德同学。刁深县人,外祖家为安平,所以认我们为老乡。为人和蔼,重同乡同学之谊。但我不知他何时参加党组织,并何由担任此重职。

一九三九年,二十六岁。王林与区党委联系,送我与陈肇过路西。当即把车子交给刁,每车与五元之代价,因当时车子在冀中已无用。我的介绍信,由七地委书记签名,由王林起草。我见信上对我过多吹嘘,以为既是抗日,到处通行,何劳他人代为先容,竟将信毁弃。过路后,因无此信,迟迟不能分配工作,迂之甚矣。

同行者,尚有董逸峰,及安平一区干部安姓。夜晚过路时,遇大雨,冒雨爬了一夜山,冀中平原的鞋底,为之洞穿。

过路后见到刘炳彦,刘是我中学下一级同学,原亦好文学,现任团长,很能打仗,送我银白色手枪一支。

在一小山村,等候分配。刘仁骑马来,谈话一次。陈以遇到熟人,先分配。我又等了若干日,黄敬过路西,才说清楚。

分配到晋察冀通讯社,在城南庄(阜平大镇)。负责人为刘平。刘中等个儿,吸烟斗,好写胡风那种很长句子的欧化文章，系地下党员，坐过牢。

通讯社新成立，成员多是抗大来的学生，我和陈肇，算是年岁最大的了。在通讯社，我写了《论通讯员及通讯写作诸问题》小册子，题集体讨论，实系一人所为，铅印出版。此书惜无存者。在通讯指导科工作，每日写指导信数十封，今已不忆都是些什么词句。编刊物《文艺通讯》，油印，发表创作《一天的工作》、《识字班》等。

识西北战地服务团及华北联大文艺学院的一些同志。

生活条件很苦，我带来大夹袄一件，剪分为二，与陈肇各缝褥子一条，以砖代枕。时常到枣林，饱食红枣。或以石掷树上遗留黑枣食之。

冬，由三人组织记者团赴雁北，其中有董逸峰，得识雁北风光，并得尝辣椒杂面。雁北专员为王斐然，即育德中学之图书管理员也。遇扫荡，我发烧，一日转移到一村，从窗口望见敌人下山坡，急渡冰河，出水裤成冰棍。

一九四〇年，二十七岁。晋察冀边区文联成立，沙可夫主任。我调边区文协工作，田间负责，同人有康濯、邓康、曼晴。

编辑期刊《山》(油印)、《鼓》(《晋察冀日报》副刊)。发表作品《邢兰》等，冬季反扫荡期间，在报纸发表战地通讯：《冬天，战斗的外围》等。

写论文评介边区作者之作。当时，田间的短促锋利的诗。魏巍的感叹调子的诗，邵子南的富有意象而无韵脚的诗，以及曼晴、方冰朴实有含蕴的诗，王林、康濯的小说，我都热情鼓吹过。

识《抗敌报》(鲁察冀军区报纸)负责人丘岗，摄影家沙飞等。

辩论民族形式问题，我倾向洋化。

一九四一年，二十八岁。在此期间，我除患疟疾，犯失眠症一次，住过边区的医院。秋季，路一过路西，遂请假同他们回冀中，傅铎同行。路一有一匹小驴。至郝村，当日下午，王林、路一陪我至家，妻正在大门过道吃饭，荆钗布裙，望见我们，迅速站起回屋。

冀中总部在郝村一带，我帮助王林编《冀中一日》，工作告竣，利用材料，写《区村、连队文学写作课本》一册，此书后在各抗日根据地翻印，即后来铅印本《文艺学习》也。

妻怀孕，后生小达，王林所谓《冀中一日》另一副产品也。

在冀中期间，一同活动者，有梁斌、远千里、杨循、李英儒等。

一九四二年,二十九岁。春末回路西文联岗位。此年冀中敌人"五一大扫荡"冬季,文联解散,田间下乡。我到《晋察冀日报》编副刊,时间不长,又调到联大教育学院高中班教国文。

教育学院院长为李常青,他原在北方分局宣传部负责,自我到边区以后,对我很关心。抗战期间,我所教学生,多系短期训练性质,唯此高中班,相处时间较长,接触较多,感情亦较深,并在反扫荡中共过患难。所以在去延安途中和到达延安以后,我都得到过这些男女同学的关怀和帮助。

时达来信说,带来家庭消息,往返六日去听这一消息,说长子因盲肠炎,战乱无好医生,不幸夭折,闻之伤痛。此子名普,殇时十二岁。

一九四三年,三十岁。冬季,敌人扫荡三个月,我在繁峙,因借老乡剪刀剪发,项背生水泡疮,发烧,坚壁在五台山北台顶一小村,即蒿儿梁。年底,反扫荡结束下山,行山路一日,黄昏至山脚。小桥人家,即在目前,河面铺雪,以为平地,兴奋一跃,滑出丈远,脑受震荡,晕过去。同行康医生、刘护士抬至大寺成果庵热炕上,乃苏。

食僧人所做莜麦，与五台山衲子同床。次日参观佛寺，真壮观也。

一九四四年，三十一岁。返至学院，立即通知：明日去延安。(此节已发表，从略。)

一九四五年，三十二岁，八月，日本投降，当晚狂欢。我很早就睡下了。

束装赴前方。我为华北队，负责人艾青、江丰。派我同凌风等打前站，后为女同志赶毛驴。路上大军多路，人欢马腾，胜利景象。小孩置于荆筐，一马驮两个，如两只小燕。

过同蒲路，所带女队掉队，后赶上。

至浑源，观北岳。

至张家口，晋察冀熟人多在，敌人所遗物资甚多，同志们困难久，多捡废白纸备写画之用。邓康、康濯都穿上洋布衣装。邓约我到他住处，洗日本浴。又给我一些钱，在野市购西北皮帽一顶，蚕绸衬衣一件，日本长丝巾一幅，作围巾。

要求回冀中写作，获准。同行一人中途折回，遂一人行。乘火车至宣化，与邓康在车站同食葡萄，取王炜日本斗篷、军毯各一件。从下花园奔涿鹿，经易县过平汉路，插入清苑西，南行，共十四日到家。黄昏进家时，正值老父掩外院柴门,看见我,回身抹泪。进屋后,妻子抱小儿向我,说:这就是你爹!这个孩子生下来还没见过我。

一九八五年八月一日抄

一九四六年,三十三岁。在家住数日,到黄城访王林。同到县城,见到县委书记张根生等。为烈士纪念塔题字并撰写一碑文,古文形式,甚可笑。以上工作,均系王林拉去所为。

到蠡县见梁斌,梁任县委宣传部长,杨崴为书记,杨志昌为副书记,周刚为组织部长。梁愿我在蠡县下乡,并定在刘村。刘村朱家有一女名银花,在县委组织部工作,后与周刚结婚。她有一妹名锡花,在村任干部。梁认为她可以照料我。

到冀中区党委接关系。宣传部长阎子元系同乡,同意我在蠡县下乡。在招待所遇潘之汀,携带爱人和孩子,路经这里,回山东老家。他系鲁艺同人,他的爱人张云芳是延安有名的美人。潘为人彬彬谦和。

又回家一次。去蠡县时,芒种送我一程。寒雾塞天,严霜结衣,仍是战时行动情景。到滹沱河畔,始见阳光。

刘村为一大村,先到朱家,见到锡花和她爷爷、父亲。

锡花十七岁,额上还有胎发,颇稚嫩。说话很畅快,见的干部多了。她父亲不务正业,但外表很安静。她爷爷则有些江湖味道,好唱昆曲。

我并没有住在她家。村北头有一家地主,本人同女儿早已参加抗日,在外工作。他的女人,也常到外边住,家里只留一个长工看门。我住在北屋东间,实际是占据了这个宅院,那个长工帮我做饭。他叫白旦,四十多岁,盲一目,不断流泪,他也不断用手背去擦。看来缺个心眼,其实,人是很精细的。对主人忠心耿耿,认真看守家门。

村长常来看望,这是县委的关照。锡花也来过几次,很规矩懂事。附近的女孩子们,也常成群结伙地来玩。现在想起来,我也奇怪,那些年在乡下的群众关系,远非目前可比。

妇救会主任,住在对门,似非正经。她婆婆很势利眼,最初对我很巴结,日子长了,见我既不干预村里事务,又从不开会讲话,而且走来走去,连辆自行车也没有,对我就很冷淡了。

在这里,我写了《碑》、《钟》、《"藏"》几个短篇小说。

曾将妻和两个孩子接来同住几日,白旦甚不耐烦。在送回她们的途中,坐在大车上,天冷,妻把一双手,插入我棉袄的口袋里。夕阳照耀,她显得很幸福。她脸上皮肤,已变得粗糙。战斗分割,八年时间,她即将四十岁了。

刘村有集,我买过白鲢鱼,白旦给做,味甚佳。

杨循的村子,是隋东,离刘村数里,我去过他家,他的元配正在炕上纺线。梁斌的村子,叫小梁庄,距离更近,他丈人家就在刘村。有一次,传说他的元配回娘家来了,人们怂恿我去看,我没有去。

到河间,因找杨循,住《冀中导报》社,识王亢之、力麦等。此前,我在延安写的几个短篇,在张家口广播,《晋察冀日报》转载,并加按语。我到冀中后,《冀中导报》登一短讯,称我为"名作家",致使一些人感到"骇人听闻"。当我再去白洋淀,写了《一别十年同口镇》、《新安游记》几篇短文,因写错新安街道等事,土改时,联系家庭出身,竟遭批判,定为"客里空"的典型。消息传至乡里,人们不知"客里空"为何物,不只加深老母对我的挂念,也加重了对家庭的斗争。此事之发生,一、在我之率尔操笔,缺乏调查。二、去新安时,未至县委联系。那里的通讯干事,出面写了这篇批判文章,并因此升任《冀中导报》记者。三、报纸吹嘘之"名",引起人之不平。这是写文章的人,应该永远记取的教训。

我恋熟怕生,到地方好找熟人,在白洋淀即住在刘纪处。刘过去是新世纪剧社书记,为人好交朋友,对我很热情,当时在这一带办苇席合作社。进城后曾得病,但有机会还是来看我,并称赞我在白洋淀时的“信手拈来”,使我惭愧。在同口,宿于陈乔家。

六月,在河间。父亲病,立增叔来叫我。到家,父亲病甚重,说是耩地傍耧,出汗受风。发烧,血尿,血痰。我到安国县,九地委代请一医生,也不高明,遂不起。

父亲自幼学徒,勤奋谨慎,在安国县城内一家店铺工作,直到老年。一生所得,除买地五十亩外,在村北盖新房一所。场院设备:牲口棚、草棚、磨棚俱全。为子孙置下产业,死而后已,这是他们这一代人的哲学。另,即供我读书,愿我能考上邮政局,我未能如命,父亲对我是很失望的。

父亲死后,我才感到我对家庭的责任。过去,我一直像母亲说的,是个“大松心”。

我有很多旧观念。父亲死后,还想给他立个碑。写信请陈肇写了一篇简朴的墓志,其中有“弦歌不断,卒以成名”等词句,并同李黑到店子头石匠家,看了一次石头。后因土改,遂成泡影。

一九四七年,三十四岁。春,随吴立人、孟庆山,在安平一带检查工作，我是记者。他二人骑马，我骑一辆破车，像是他们的通讯员。写短文若干篇，发表于《冀中导报》副刊“平原”，即《帅府巡礼》等。

夏，随工作团，在博野县作土改试点，我在大西章村，住小红家，其母寡居，其弟名小金。一家人对我甚好。我搬到别人家住时，大娘还常叫小金，给我送些吃食，如烙白面饼、腊肉炒鸡蛋等，小红给我缝制花缎钢笔套一个。工作团结束，我对这一家恋恋不舍，又单独搬回她家住了几天。大娘似很为难，我即离去。据说，以后大娘曾带小金到某村找我，并带了一双新做的鞋，未遇而返。进城后，我到安国，曾徒步去博野访问过一次。不知何故，大娘对我已大非昔比，勉强吃了顿饭，还是我掏钱买的菜。归来，我写了一篇“访旧”，非纪实也。农民在运动期间，对工作人员表示热情，要之不得尽往自己身上拉。工作组一撤，脸色有变，亦不得谓对自己有什么恶感。后数年，因小金教书，讲我写的课文，写信来，并寄赠大娘照片。我复信，并寄小说一册。自衡感情，已很淡漠，难责他人。不久，文化大革命起，与这一家人的联系，遂断。

在此村，识王香菊一家，写两篇短文。

当进行试点时，一日下午，我在村外树林散步，忽见贫农团用骡子拖拉地主，急避开。上级指示：对地主阶级，“一打一拉”，意谓政策之灵活性。不知何人，竟作如此解释。越是“左”的行动，群众心中虽不愿，亦不敢说话反对。只能照搬照抄，蔓延很广。

与王林骑车南行，我要回家。王说：“现在正土改试点，不知你为什么还老是回家？”意恐我通风报信。我无此意。我回家是因为家中有老婆孩子，无人照料。

冬，土改会议，气氛甚左。王林组长，本拟先谈孔厥。我以没有政治经验，不知此次会议的严重性，又急于想知道自己家庭是什么成分，要求先讨论自己，遂陷重围。有些意见，不能接受，说了些感情用事的话。会议僵持不下，遂被“搬石头”，静坐于他室，即隔离也。

会议有期，仓促结束。我分配到饶阳张岗小区，去时遇大风，飞沙扑面，俯身而行。到村，先把头上长发剪去，理发店夫妇很奇怪。时值严冬，街道满是冰雪，集日，我买了一双大草鞋，每日往返踯躅于张岗大街之上，吃派饭，发动群众。大概有三个月的样子。

《冀中导报》发表批判我的文章。初被歧视，后亦无它。

识王昆于工作组，她系深泽旧家，王晓楼近族。小姐气重，置身于贫下中农间，每日抱膝坐在房东台阶上，若有所思，很少讲话。对我很同情，但没有表示过。半年后，我回家听妻说，王昆回深泽时，曾绕道到我家看望，此情可念也。进城后尚有信。

十数年后，我回故乡，同立增叔在菜园闲话，他在博野城东村打过油。他说大西章是尹嘉铨的老家，即鲁迅《买小学大全记》所记清代文字狱中之迂夫子也。

一九四八年，三十五岁。春，由小区分配到大官亭掌握工作。情节可参看《石猴》、《女保管》等篇，不赘。

麦收时，始得回家。自土地会议后，干部家庭成分不好者，必须回避。颇以老母妻子为念。到家后，取自用衣物，请贫农团派人监临，衣物均封于柜中。

夏季大水。工作组结束，留在张岗写了几篇小说。常吃不饱，又写文章，对身体大有害。

秋，到石家庄参加文艺会议，方纪同行。至束鹿辛集镇观京剧，演员为九阵风，系武旦。到石家庄，遇敌机轰炸。一次观夜戏，突发警报，剧场大乱，我从后台逸出。有本地同志，路熟，临危不肯相顾。

在饭馆吃腐败牛肉，患腹泻。时饭馆尚有旧式女招待，不讲卫生。

华北文艺会议，参加者寥寥。有人提出我的作品曾受批评,为之不平。我默默。有意识正确的同志说:冀中的批评,也可能有道理。我亦默默。

初识吕剑。

为妻买红糖半斤,她要在秋后生产。归途在方纪家吃豆豉捞面,甚佳。

调深县县委任宣传部副部长,区党委决定,为让我有机会接触实际也。书记刘,组织部长穆,公安局长吴,县长李。与县干部相处甚融洽,此因我一不过问工作,二烟酒不分,三平日说说笑笑。穆部长在临别时鉴定:知识分子与工农干部相结合的模范。

与深县中学诸老师游,康迈千最熟。

在深县时,经常回家,路经店子头,看望杜姓表姊。表姊幼失怙恃,养于我家,我自幼得其照料。彼姑颇恶,我到她家,姊仍坐于炕上,手摇纺车不停,一面与我说话。后二年,姊死于难产。

一九四九年,三十六岁。一月,我在深县接方纪电话,说区党委叫我到胜芳集合,等候进天津。到河间,与方纪、秦兆阳同骑车至胜芳。

胜芳为津郊大镇,值冬季,水景不得观览。赶集,有旧书。

《冀中导报》人员，集中于此，准备进城版面。我同方纪准备副刊一版，我写一短文，谈工厂文艺。另于夜间，写小说《蒿儿梁》一篇。

杨循新婚，携来夫人贾凡，并介绍一新出城女同志至我处，忘其姓名，请吃葵花子一盘。

进城之日，大队坐汽车，我与方纪骑自行车，路上，前有三人并行，我们骑车绕过时，背后有枪声。过一村后，见三人只剩一人，我与方纪搜检之，无他。此自由行动之害也。比至城区，地雷尚未排除，一路伤员、死尸，寸步难行。道路又不熟，天黑始找到报社，当晚睡在地板上。

一九八五年八月二十四日抄

病期经历

小 汤 山

我从北京红十字医院出来，就到北京附近的小汤山疗养院去。报社派了一位原来在传达室工作的老同志来照顾我。

他去租了一辆车，在后座放上了他那一捆比牛腰还要粗得多的行李，余下的地方让我坐。老同志是个光棍汉，我想他把全部家当都随身带来了。出了城，车在两旁都是高粱地的狭窄不平的公路上行驶。现在是七月份，天气干燥闷热，路上也很少行人车辆。不久却遇上一辆迎面而来的拉着一具棺材的马车，有一群苍蝇追逐着前进，使我一路心情不佳，我的神经衰弱还没有完全好。

小汤山属昌平县，是京畿的名胜之一，有一处温泉，泉水形成了一个不小的湖泊,周围还有小河石桥等等景致。在湖的西边有一块像一座小平房的黑色巨石，人们可以上到顶上眺望。

湖旁有一些残碣断石，可以认出这里原是晚清民初什么阔人的别墅。解放以后,盖成一座规模很不小的疗养院。

我能来这里疗养，也是那位小时的同学李之琏同志给办的,他认识一位卫生部的负责人,正在这里休养和管事。疗养院是一排两层的楼房，头起有两处高级房间,带有会客室和温泉浴室。我竟然住进了楼上的一间。这也是我一生中难得的幸遇,所以特别在这里记一笔。

在小汤山，我学会了钓鱼和划船。每天从早到晚,呼吸从西北高山上吹来的,掠过湖面,就变成一种潮湿的,带有硫磺气味的新鲜空气。钓鱼的技术虽然不高,也偶然能从水面上钓起一条大鲢鱼,或从水底钓起一条大鲫鱼。

划船的技术也不高,姿态更不好,但在这个湖里划船,不会有什么风浪的危险,可以随心所欲,而且有穿过桥洞、绕过山脚的种种乐趣。温泉湖里的草,长得特别翠绿柔嫩,它们在水边水底摇曳,多情和妩媚,诱惑人的力量,在我现在的心目中,甚于西施贵妃。

我的病渐渐好起来了。证明之一,是我开始又有了对人的怀念、追思和恋慕之情。我托城里的葛文同志,给在医院细心照顾过我的一位护士,送一份礼物,她就要结婚了。证明之二,是我又想看书了。我在疗养院附近的小书店,买了新出版的《拍案惊奇》和《唐才子传》,又郑重地保存起来,甚至因为不愿意那位老同志拿去乱翻,惹得他不高兴。

这位老同志原来是赶大车的,我们傍晚坐在小山上,他给我讲过不少车夫进店的故事。我们还到疗养院附近的野地里去玩,那里有不少称之为公主坟的地方。

从公主坟地里游玩回来,我有时看看《聊斋志异》。这件事叫疗养院的医生知道了,对那位老同志说:

"你告他不要看那种书,也不要带他到荒坟野寺里去转悠!"

其实,神经衰弱是人间世界的疾病,不是狐鬼世界的疾病。

我的房间里,有引来的温泉水。有时朋友们来看我,我都请他们洗个澡。慷国家之慨,算是对他们的热情招待。女同志当然是不很方便的。但也有一位女同志,主动提出要洗个澡,使我这习惯男女授受不亲的人,大为惊异。

已经是十一月份了,天气渐渐冷了,湖里的水草,也不再像过去那样翠绿。清晨黄昏,一层蒸气样的浓雾,罩在湖面上,我们也很少上到小山顶上去闲谈了。在医院时,我不看报,也不听广播,这里的广播喇叭,声音很大,走在湖边就可以听到,正在大张旗鼓地批判右派。有一天,我听到了丁玲同志的名字。

过了阳历年,我决定从小汤山转到青岛去。在北京住了一晚,李之琏同志来看望了我。他虽然还是坐了一辆小车来,也没有和我谈论什么时事,但我看出他的心情很沉重。不久,就听说他也牵连在所谓右派的案件中了。

一九八四年九月二十八日晨四时记

青　岛

关于青岛,关于它的美丽,它的历史,它的现状,已经有很多文章写过了。关于海、海滨、贝壳,那写过的就更多,可以说是每天都可以从报刊见到。

我生在河北省中部的平原上, 是一个常年干旱的地方,见到是河水、井水、雨后积水,很少见到大面积的水,除非是滹沱河洪水爆发,但那是灾难,不是风景。后来到白洋淀地区教书,对这样浩渺的水泊,已经叹为观止。我从来也没有想过到青岛这类名胜之地,去避暑观海。认为这种地方,不是我这样的人可以去得的,去了也无法生存。

从小汤山,到青岛,是报社派小何送我去的。时间好像是一九五八年一月。

青岛的疗养院,地处名胜,真是名不虚传。在这里,我遇到了各界的一些知名人士,有哲学教授,历史学家,早期的政治活动家,文化局长,市委书记,都是老干部,当然有男有女。

这些人来住疗养院,多数并没有什么大病,有的却多少带有一点政治上的不如意。反右斗争已经进入高潮,有些新来的人,还带着这方面的苦恼。

一个市的文化局长,我们原来见过一面,我到那个市去游览时,他为我介绍过宿地。是个精明能干的人,现在得了病,竟不认识我了。他精神沉郁,烦躁不安。他结婚不久的爱人,是个漂亮的东北姑娘,每天穿着耀眼的红毛衣,陪着他, 并肩坐在临海向阳的大岩石上。从背后望去,这位身穿高干服装的人,该是多么幸福,多么愉快。但他终日一句话也不说,谁去看他,他就瞪着眼睛问:

“你说,我是右派吗?”

别人不好回答,只好应酬两句离去。只有医生,是离不开的,是回避不了的。这是一位质朴而诚实的大夫,有一天,他抱着甘冒天下之大不韪的决心,对病人说:

“你不是右派,你是左派。”

病人当时脸上露出了一丝笑容,但这一保证,并没有能把他的病治好。右派问题越来越提得严重,他的病情也越来越严重。不久,在海边上就再也见不到他和他那穿红毛衣的夫人了。

我邻居的哲学教授,带来一台大型留声机,每天在病房里放贝多芬的唱片。他热情地把全楼的病友约来,一同欣赏。但谁也不能去摸他那台留声机。留声机的盖子上,贴有他撰写的一张注意事项,每句话的后面,都用了一个大惊叹号,他写文章,也是以多用惊叹号著称的。

我对西洋音乐,一窍不通,每天应约听贝多芬,简直是一种苦恼。不久,教授回北京去,才免除了这个负担。

在疗养院,遇到我的一个女学生。她已进入中年,穿一件黑大衣,围一条黑色大围巾,像外国的贵妇人一样。她好到公园去看猴子,有一次拉我去,带了水果食物,站在草丛里,一看就是一上午。她对我说,她十七岁出来抗日，她的父亲，在土地改革时死亡。她没有思想准备，她想不通，她得了病。但这些话，只能向老师说，不能向别人说。

到了夏季，是疗养地的热闹时期，家属们来探望病人的也多了。我的老伴也带着小儿女来看我，见我确是比以前好多了，她很高兴。

每天上午，我跟着人们下海游泳，也学会了几招，但不敢到深处去。有一天，一位少年倜傥的“九级工程师”，和我一起游。他慢慢把我引到深水，我却差一点没喝了水，赶紧退了回来。这位工程师，在病人中间，资历最浅最年轻，每逢舞会，总是先下场，个人独舞，招徕女伴大众围观，扬扬自得。

这是病区，这是不健康的地方。有各种各样的人，各种各样的病。在这里，会养的人，可以把病养好，不会养的人，也可能把病养坏。这只是大天地里的一处小天地，却反映着大天地脉搏的一些波动。

疗养院的干部、医生、护理人员，都是山东人，很朴实，对病人热情，照顾得也很周到。我初来时，病情比较明显，老伴来了，都是住招待所。后来看我好多了，疗养院的人员都很高兴。冬天，我的老伴来看我，他们就搬来一张床，让我们夫妻同处，还叫老伴跟我一同吃饭。于是我的老伴，大开洋荤,并学会了一些烹饪技艺。她对我说:我算知道高汤是怎么个做法了,就是清汤上面再放几片菜叶。

护士和护理员,也都是从农村来的,农村姑娘一到大城市,特别是进了疗养院这种地方,接触到的,吃到的,看到的,都是新鲜东西。

疗养人员,没有重病,都是能出出进进,走走跳跳,说说笑笑的。疗养生活,说起来虽然好听,实际上很单调,也很无聊。他们每天除去打针散步,就是和这些女孩子打交道。日子久了,也就有了感情。在这种情况下,两方面的感情都是容易付出的,也容易接受的。

我在这个地方, 住了一年多。因为住的时间长了,在住房和其他生活方面, 疗养院都给我一些方便。春夏两季,我差不多是自己住着一所小别墅。

小院里花草齐全,因为人烟稀少,有一只受伤的小鸟,落到院里。它每天在草丛里用一只腿跳着走, 找食物,直到恢复了健康,才飞走了。

其实草丛里也不是太平的。秋天,一个病号搬来和我同住,他在小院散步时,发见一条花蛇正在吞食一只癞蛤蟆。他站在那里观赏两个小时,那条蛇才完全吞下了它的猎物。他对我说:有趣极了! 并招呼我去看看,我没有去。

我正在怀疑，我那只小鸟，究竟是把伤养好，安全飞走了呢；还是遇到了蛇一类的东西，把它吞掉了？

我不会下棋、打扑克，也不像别人手巧，能把捡来的小贝壳，编织成什么工艺品，或是去照相。又不好和人闲谈，房间里也没有多少书。最初，就去海边捡些石头，后来石头也不愿捡了，只是在海边散步。晴天也去，雨天也去，甚至夜晚也去。夜晚，走在海岸上听海涛声，很雄壮也很恐怖。身与海浪咫尺之隔，稍一失足，就会掉下去。等到别人知道了，早已不知漂到何处。想到这里，夜晚也就很少出来了。

在这一年冬季，来了一位护理员，她有二十来岁，个子不高，梳两条小辫。长得也不俊，面孔却白皙，眼神和说话，都给人以妩媚，叫人喜欢。她正在烧锅炉，夜里又要去炼钢铁，还没有穿棉衣。慢慢熟识了，她送给我一副鞋垫。说是她母亲绣的，给她捎了几副来，叫她送给要好的“首长们”。鞋垫用蓝色线绣成一株牡丹花，很精致，我收下了。我觉得这是一份情意，农村姑娘的情意，像过去在家乡时一样的情意。我把这份情意看得很重。我见她还没穿棉衣，就给她一些钱，叫她去买些布和棉花做一件棉袄，她也收下了。

这位姑娘,平日看来腼腼腆腆,总是低着头,遇到一定场合,真是嘴也来得,手也来得。后来调到人民大会堂去做服务员,在北京我见到她。她出入大会堂,还参加国宴的招待工作,她给我表演过给贵宾斟酒的姿势。还到中南海参加过舞会,真是见过大世面了。女孩子的青春,无价之宝,遇到机会,真是可以飞上天的。

这是云烟往事,是病期故事,是萍水相逢。萍水相逢,就是当水停滞的时候,萍也需要水,水也离不开萍。水一流动,一切就成为过去了。

我很寂寞。我有时去逛青岛的中山公园。公园很大,很幽静,几乎看不到什么游人。因为本地人,到处可以看到自然景物,用不着花钱来逛公园;外地人到青岛,主要是看海,不会来逛各地都有的公园的。但是,青岛的公园,对我来说,实在可爱。主要是人少,就像走入幽林静谷一样,不像别处的公园,像赶集上庙一样。公园里有很大的花房,桂花、茶花、枇杷果,在青岛都能长得很好,在天津就很难养活。公园还有一个鹿苑,我常常坐在长椅上看小鹿。

我有机会去逛了一次崂山。那时还没有通崂山的公共汽车,去一趟很不容易。夏天,刘仙洲教授来休养,想逛崂山,疗养院派了一辆吉普车,把我也捎上。刘先生是我上过的保定育德中学的董事，当时他的大幅照片，悬挂在校长室的墙壁上，看起来非常庄严，学生们都肃然起敬。现在看来，并不显老，走路比我还快。

车在崂山顶上行驶时，真使人提心吊胆。从左边车窗可以看到，万丈峭壁，下临大海，空中弥漫着大雾，更使人不测其深危。我想，司机稍一失手，车就会翻下去。还有几处险道，车子慢慢移动，车上的人，就越发害怕。

好在司机是有经验的。平安无事。我们游了崂山。

我年轻时爬山爬得太多了，后来对爬山没有兴趣，崂山却不同。印象最深的，是那两棵大白果树，真是壮观。看了蒲松龄描写过的地方，牡丹是重新种过的，耐冬也是。这篇小说，原是我最爱读的，现在身临其境，他所写的环境，变化并不太大。

中午，我们在面对南海的那座有名的寺里，吃午饭。饭是疗养院带来的面包、茶鸡蛋、酱肝之类，喝的也是带来的开水。把食物放在大石头上，大家围着，一边吃，一边闲话。刘仙洲先生和我谈了关于育德中学老校长郝仲青先生的晚年。

一九五九年，过了春节，我离开青岛转到太湖去。报社派张翔同志来给我办转院手续。他给我买来一包点心，说是在路上吃。我想路上还愁没饭吃，要点心干什么，我把点心送给了那位护理员。她正在感冒，自己住在一座空楼里。临别的那天晚上，她还陪我到海边去转了转，并上到冷冷清清的观海小亭上。她对我说：

“人家都是在夏天晚上来这里玩，我们却在冬天。”

亭子上风很大，我催她赶紧下来了。

我把带着不方便的东西，赠给疗养院的崔医生。其中有两只龙凤洞箫，一块石砚，据说是什么美人的画眉砚。

半夜，疗养院的同志们，把我送上开往济南的火车。

一九八四年九月三十日晨三时写讫

太　湖

从青岛到无锡，要在济南换车，张翔同志送我。在济南下车后，我们到《大众日报》的招待所去休息。在街头，我看见凡是饭铺门前，都排着很长的队，人们无声无息地站在那里，表情都是冷漠的，无可奈何的。我问张翔：

“那是买什么？”

“买菜团子。”张翔笑着，并抱怨说，“你既然看见了，我也就不再瞒你。我事先给你买了一盒点心，你却拿去送了人。"中午，张翔到报社，弄来一把挂面，给我煮了煮，他自己到街上，吃了点什么。

疗养院是世外桃源，有些事，因为我是病人，也没人对我细说，在青岛，我只是看到了一点点。比如说，打麻雀是听见看见了，落到大海里或是落到海滩上的，都是美丽嫩小的黄雀。这种鸟，在天津，要花一元钱才能买到一只，放在笼里养着，现在一片一片地摔死了。大炼钢铁，看到医生们把我住的楼顶上的大水箱，拆卸了下来，去交任务。可是，度荒年，疗养院也还能吃到猪杂碎。

半夜里，我们上了开往无锡的火车，我买的软卧。

当服务员把我带进车室的时候，对面一边的上下铺，已经有人睡下了，我在这一边的下铺，安排我的行李。

对面下铺，睡的是个外国男人，上面是个中国女人。

外国人有五十来岁，女人也有四十来岁了，脸上搽着粉，并戴着金耳环。

我向来动作很慢，很久，我才关灯睡下了。

对面的灯开了。女人要下来，她先把脚垂下，轻轻点着男人的肚子。我闭上了眼睛。

女人好像是去厕所，回来又是把男人作为阶梯，上去了。我很奇怪,这个男人的肚子,为什么有这么大的负荷力和弹性。

男人用英语说:

“他没有睡着!”

天亮了,那位女人和我谈了几句话,从话中我知道男的是记者,要到上海工作。她是机关派来做翻译的。

男人又在给倚在铺上的女人上眼药。不知为什么,我对这两位同车的人很厌恶,我发见列车上的服务员,对他们也很厌恶。

离无锡还很远,我就到车廊里坐着去了。后来张翔告诉我,那女人曾问他,我会不会英语,我虽然用了八年寒窗,学习英语,到现在差不多已经忘光了。

张翔把我安排在太湖疗养院,又去上海办了一些事,回来和我告别。我们坐在太湖边上。不知为什么,我忽然感到特别的空虚和难以忍受的孤独。

最初,我在附近的山头转,在松树林里捡些蘑菇,有时也到湖边钓鱼。太湖可以说是移到内地的大海。水面虽然大,鱼却不好钓。有时我就坐在湖边一块大平石上,把腿盘起来,闭着眼睛听太湖的波浪声。

我的心安静不下来,烦乱得很。我总是思念青岛,我在那里,住的时间太长了,熟人也多。在那里我虽然也感到过寂寞,但还没有像现在这样可怕。

我非常思念那位女孩子。虽然我知道,这并谈不上什么爱情。对我来说,人在青春,才能有爱情,中年以后,有的只是情欲。对那位女孩子来说,也不会是什么爱情。在我们分别的时候,她只是说:

“到了南方,给我买一件丝绸衬衫寄来吧。”

这当然也是一种情意,但可以从好的方面去解释,也可以从不大好的方面去解释。

蛛网淡如烟,蚊蚋赴之;灯光小如豆,飞蛾投之。这可以说是不知或不察。对于我来说,这样的年纪,陷入这样的情欲之网,应该及时觉悟和解脱。我把她送我的一张半身照片,还有她给我的一幅手帕,从口袋里掏出来,捡了一块石头,包裹在一起,站在岩石上,用力向太湖的深处抛去。以为这样一来,就可以把所有的烦恼,所有的苦闷,所有的思念纠缠和忏悔的痛苦,统统扔了出去。情意的线,却不是那么好一刀两断的。夜里决定了的事,白天可能又起变化。断了的蛛丝,遇到什么风,可能又吹在一起,衔接上了。

在太湖遇到一位同乡,他也是从青岛转来的,在铁路上做政治工作多年。我和他说了在火车上的见闻。他只是笑了笑，没有回答。他可能笑我又是书呆子，少见多怪。这位同乡，看过我写的小说，他有五个字的评语："不会写恋爱。"这和另一位同志的评语"不会写战争"正好成为一副对联。

在太湖，几乎没有什么可记的事。院方组织我们去游过蠡园、善卷洞。我自己去过三次梅园，无数次鼋头渚。有时花几毛钱雇一只小船，在湖里胡乱转。撑船的都是中年妇女。

一九八四年十月六日下午

昆虫的故事

人的一生,真正的欢乐,在于童年。成年以后的欢乐,则常带有种种限制。例如说:寻欢取乐;强作欢笑;甚至以苦为乐等等。

而童年的欢乐,又在于黄昏。这是因为:一天劳作之后,晚饭未熟之前,孩子们是可以偷一些空闲,尽情玩一会儿的。时间虽短,其欢乐的程度,是大大超过青年人的人约黄昏后的情景的。

黄昏的欢乐,又多在春天和夏天,又常常和昆虫有关。

一是捉黑老婆虫。

这种昆虫,黑色,有硬壳,但下面又有软翅。当村边的柳树初发芽时,它们不知从何处飞来,群集在柳枝上。儿童们用脚一踢树干,它们就纷纷落地装死。儿童们争先恐后地把它们装入瓶子,拿回家去喂鸡。我们的童年,即使是游戏，也常常和衣食紧密相连。

二是摸爬爬儿。

爬爬儿是蝉的幼虫，黄昏时从地里钻出来，爬到附近的树上，或是篱笆上。第二天清晨，脱去一层黄色的皮，就变成了蝉。

摸蝉的幼虫，有两种方式。一是摸洞，每到黄昏，到场边树下去转悠，看到有新挖开的小洞，用手指往里一探，幼虫的前爪，就会钩住你的手指，随即带了出来。这种洞是有特点的，口很小，呈不规则圆形，边缘很薄。我幼年时，是察看这种洞的能手，几乎百无一失。另一种方式是摸树。这时天渐渐黑了，幼虫已经爬到树上，但还停留在树的下部，用手从树的周围去摸。这种方式，有点碰运气，弄不好，还会碰到别的虫子，例如蝎子，那就很倒霉了。而且这时母亲也就要喊我们回家吃饭了。

捉了蝉的幼虫，回家用盐水泡起来，可以煎着吃。

三是抄老道儿。

我们那里，沙地很多，都是白沙，一望无垠，洁白如雪，人们就种上柳子。柳子地，是我童年的一大乐园。玩累了，坐在沙地上，就会看见有很多小酒盅似的坑儿。里面光滑整洁，无声无息，偶尔有一个蚂蚁或是小飞虫，滑落到里面，很快就没有踪迹了。我们一边嘴里念念有词：“老道儿，老道儿，我给你送肉吃来了。”一边用手往沙地深处猛一抄，小酒盅就到了手掌，沙土从指缝里流落，最后剩一条灰色软体的，形似书鱼而略大的小爬虫在掌心。这种虫子就叫老道儿。它总是倒着走，把它放在沙地上，它迅速地倒退着，不久就又形成一个窝，它也不见了。

它的头部，有两只很硬的钳子。别的小昆虫一掉进它的陷阱，被它拉进土里吃掉，这就叫无声的死亡，或者叫莫名其妙的死亡。

现在想来：道家以清静无为、玄虚冲淡为教旨。导引吐纳、餐风饮露以延年。虫之所为，甚不类矣。何以千古相传，赐此嘉名？岂农民对诡秘之行，有所讽喻乎？

一九八四年三月二十八日上午

鞋的故事

我幼小时穿的鞋，是母亲做。上小学时，是叔母做，叔母的针线活好，做的鞋我爱穿，结婚以后，当然是爱人做，她的针线也是很好的。自从我到大城市读书，觉得“家做鞋”土气，就开始买鞋穿了。时间也不长，从抗日战争起，我就又穿农村妇女们做的“军鞋”了。

现在老了，买的鞋总觉得穿着别扭。想弄一双家做鞋，住在这个大城市，离老家又远，没有办法。

在我这里帮忙做饭的柳嫂，是会做针线的，但她里里外外很忙，不好求她。有一年，她的小妹妹从老家来了。听说是要结婚，到这里置办陪送。连买带做，在姐姐家很住了一程子。有时闲下来，柳嫂和我说了不少这个小妹妹的故事。她家很穷苦。她这个妹妹叫小书绫，因为她最小。在家时，姐姐带小妹妹去浇地，一浇浇到天黑。地里有一座坟,坟头上有很大的狐狸洞,棺木的一端露在外面,白天看着都害怕。天一黑,小书绫就紧抓着姐姐的后衣襟,姐姐走一步,她就跟一步,闹着回家。弄得姐姐没法干活儿。

现在大了,小书绫却很有心计。婆家是自己找的,订婚以前,她还亲自到婆家私访一次。订婚以后,她除拼命织席以外,还到山沟里去教人家织席。吃带沙子的饭,一个月也不过挣二十元。

我听了以后,很受感动。我有大半辈子在农村度过,对农村女孩子的勤快劳动,质朴聪明,有很深的印象,对她们有一种特殊的感情。可惜进城以后,失去了和她们接触的机会。城市姑娘,虽然漂亮,我对她们终是格格不入。

柳嫂在我这里帮忙,时间很长了。用人就要做人情。我说:“你妹妹结婚,我想送她一些礼物。请你把这点钱带给她,看她还缺什么,叫她自己去买吧!”

柳嫂客气了几句,接受了我的馈赠。过了一个月,妹妹的嫁妆操办好了,在回去的前一天,柳嫂把她带了来。

这女孩子身材长得很匀称,像农村的多数女孩子一样,她的额头上,过早地有了几条不太明显的皱纹。她脸面清秀,嘴唇稍厚一些,嘴角上总是带有一点微笑。她看人时,好斜视,却使人感到有一种深情。

我对她表示欢迎，并叫柳嫂去买一些菜，招待她吃饭，柳嫂又客气了几句，把稀饭煮上以后，还是提起篮子出去了。

小书绫坐在炉子旁边，平日她姐姐坐的那个位置上，看着煮稀饭的锅。我坐在旁边的椅子上。

“你给了我那么多钱。”她安定下来以后，慢慢地说，“我又帮不了你什么忙。”

“怎么帮不了？”我笑着说，“以后我走到那里，你能不给我做顿饭吃？”

“我给你做什么吃呀？”女孩子斜视了我一眼。

“你可以给我做一碗面条。”我说。

我看出，女孩子已经把她的一部分嫁妆穿在身上。她低头撩了撩衣襟说：

“我把你给的钱，买了一件这样的衣服。我也不会说，我怎么谢承你呢？”

我没有看准她究竟买了一件什么衣服，因为那是一件内衣。我忽然想起鞋的事，就半开玩笑地说：“你能不能给我做一双便鞋呢？”

这时她姐姐买菜回来了。她没有说行，也没有说不行，只是很注意地看了看我伸出的脚。

我又把求她做鞋的话,对她姐姐说了一遍。柳嫂也半开玩笑地说:

“我说哩,你的钱可不能白花呀!”

告别的时候,她的姐姐帮她穿好大衣,箍好围巾,理好鬓发。在灯光之下,这女孩子显得非常漂亮,完全像一个新娘,给我留下了容光照人,不可逼视的印象。

这时女孩子突然问她姐姐:“我能向他要一张照片吗?”我高兴地找了一张放大的近照送给她。

过春节时,柳嫂回了一趟老家,带回来妹妹给我做的鞋。

她一边打开包,一边说:

“活儿做得精致极了,下了工夫哩。你快穿穿试试。”

我喜出望外,可惜鞋做得太小了。我懊悔地说:

“我短了一句话,告诉她往大里做就好了。我当时有一搭没一搭,没想她真给做了。”

“我拿到街上,叫人家给拍打拍打,也许可以穿。”柳嫂说。

拍打以后,勉强能穿了。谁知穿了不到两天,一个大脚趾就淤了血。我还不死心,又当拖鞋穿了一夏天。

我很珍重这双鞋。我知道,自古以来,女孩子做一双鞋送人,是很重的情意。

我还是没有合适的鞋穿。这二年柳嫂不断听到小书绫的消息:她结了婚,生了一个孩子,还是拼命织席,准备盖新房。柳嫂说:

“要不,就再叫小书绫给你做一双,这次告诉她做大些就是了。”

我说:“人家有孩子,很忙,不要再去麻烦了。”

柳嫂为人慷慨,好大喜功,终于买了鞋面,写了信,寄去了。

现在又到了冬天,我的屋里又生起了炉子。柳嫂的母亲从老家来,带来了小书绫给我做的第二双鞋,穿着很松快,我很满意。柳嫂有些不满地说:“这活儿做得太粗了,远不如上一次。”我想:小书绫上次给我做鞋,是感激之情。这次是情面之情。做了来就很不容易了。我默默地把鞋收好,放到柜子里,和第一双放在一起。

柳嫂又说:“小书绫过日子心胜,她男人整天出去贩卖东西。听我母亲说,这双鞋还是她站在院子里,一边看着孩子,一针一线给你做成的哩。眼前,就是农村,也没有人再穿家做鞋了,材料、针线都不好找了。”

她说的都是真情。我们这一代人死了以后,这种鞋就不存在了,长期走过的那条饥饿贫穷、艰难险阻、山穷水尽的道路,也就消失了。农民的生活变得富裕起来,小书绫未来的日子,一定是甜蜜美满的。

那里的大自然风光，女孩子们的淳朴美丽的素质,也许是永存的吧。

一九八四年十二月十六日

钢笔的故事

我在小学时，写字都是用毛笔。上初中时，开始用蘸水钢笔尖。到高中时，阔气一点的同学，已经有不少人用自来水笔，是从美国进口的一种黑杆自来水笔，买一支要五元大洋。我的家境不行，但年轻时，也好赶时髦。我有一个同班同学，叫张砚方，他的父亲是个军官，张砚方写得一手好魏碑字，这时已改用自来水笔，钢笔字还带有郑文公的风韵。他慷慨地借给了我五元钱，使我顺利地进入了使用自来水笔的行列。钢笔借款，使我心里很不安，又不敢向家里去要，直到张砚方大学毕业时，不愿写毕业论文，把我写的一篇“同路人文学论”拿去交卷，我才轻松了下来。其实我那篇文章，即使投稿，也不会中选，更不用说得什么评论奖了。

这支钢笔，作为宝贵财产，在抗日战争时期，家里人把它埋藏在草屋里。我已经离开家乡到山里去了。我家喂着一头老黄牛,有一天长工清扫牛槽时,发现了这支钢笔。因为是塑料制造,不是味道,老牛咀嚼很久,还是把它吐了出来。

在山里,我又用起钢笔尖,用秫秸做笔杆。那时就是钢笔尖,也很难买到,都是经过小贩,从敌占区弄来的。有一次,我从一个同志的桌上,拿了一个新钢笔尖用,惹得这个同志很不高兴。

就是用这种钢笔,在山区,我还是写了不少文章,原始工具,并不妨碍文思。

抗日战争胜利,我回到了冀中。先是杨循同志送我一支自来水笔,后来,邓康同志又送我一支。我把老杨送我的一支,送给了老秦。

不久,实行土改,我的家是富农,财产被平分。家里只有老母、弱妻和几个小孩子,没有劳力,生活很困难。我先是用自行车带着大女孩子下乡,住在老乡家里,女孩子跟老太太们一块纺线,有时还同孩子们到地里拾些花生、庄稼。后来,政策越来越严格,小孩子不能再吃公粮,我只好把她送回家去。因家庭成分不好,我有多半年不能回家。有一次回家,看见大女孩子,一个人站在屋后的深水里割高粱，我只好放下车子，挽起裤子，帮她去干活。

回到家里，一家人都在为今后的生活发愁。我告诉他们，周而复同志给我编了一本集子，在香港出版，托周扬同志给我带来了几十元稿费。现在我不能带钱回家，我已经托房东，籴了三斗小米，以后政策缓和了，可以运回来。这一番话，并不能解除家人的忧虑。妻说，三斗小米，够吃几天，哪里是长远之计？

我又说，我身上还有一支钢笔，这支钢笔是外国货，可以卖些钱，你们做个小本买卖，比如说卖豆菜，还可以维持一段时间。家人未加可否。

这都是杞人之忧，解放战争进行得出人意外地顺利，不久我就随军进入天津，忧虑也随之云消雾散。

进城以后，我买了一支大金星钢笔，笔杆很粗，很好用，用了很多年，写了不少字。稿费多了，有人劝我买一支美国派克笔。我这人禁不起人劝说，就托机关的一位买办同志，去买了一支，也忘记花了多少钱。文化大革命，这是一条。群众批判说：国产钢笔就不能写字？为什么要用外国笔？我觉得说得也是，就检讨说：文章写得好不好，确实不在用什么笔。群众说检讨得不错。

其实，这支钢笔，我一直没有用过。我这个人小气，不大方，有什么好东西，总是放着，舍不得用。抄家时抄去了，后来又发还了，还是锁在柜子里。此生此世，我恐怕不会用它了。现在，机关每年要发一支钢笔，我的笔筒里已经存放着好几支了。

一九八五年四月十一日

老 屋

今天上午,老樊同志来看我。他是初进城时,《天津日报》的经理。工人出身,为人热情爽朗,对知识分子,能一见如故。我们并非来自一个山头,我从冀中来,他从冀东来,不久他就到湖南去了,相处的时间并不长,但他给我留下了很好的印象。每次他来天津,总是来看望我。记得地震那年,他来了,仓促间,我请他吃了一碗小米粥,算是请了他的客。今天提到这件老事,还同声大笑起来。

我送给他一本新出的书,他很高兴。这也是我的一点世故;工人出身的同志,最看重知识分子送给他书。

我说:"我们一块进城的同志,有的死了,有的病了。当然,就目前说,活着的还是比死去的数目大。不过,好像轮到我们这一拨了,我一见那印着黑体字的大白信皮,就害怕。所以送你一本书,留个纪念。"

他说:“这比什么纪念都好。也因为这个原因,所以我每次来,一定看望你。”

我说:“进城时,我们同在这个院里住,你是管分配房屋的。那时同住的人,现在就剩我一个了。别的人,都搬走了,有的是老人搬走,把房子留给孩子们。现在户主,都是第二代,院里跑的,都是第三代。院子外观有很大的变化,内观也有很大的变化。唯独我这里,还是抱残守缺,不改旧观。不过人老了,屋子也老了。”

老樊笑着说:“不错, 不错。听说你身体比过去好了,文章比过去写得也多了。”

我说:“我知道你是个乐天派,从来不发愁。我管保你能长寿,这从你的眼里就能看出来。”

送走老樊,我环顾了一下这座老屋,却没有什么新的感想,近几年,关于这个大院,我已经不止一次在文章里描写过了。

一九八五年六月十七日

大嘴哥

——乡里旧闻

幼小时，听母亲说，“过去，人们都愿意去店子头你老姑家拜年，那里吃得好。平常日子都不做饭，一家人买烧鸡吃。十年河东，十年河西，现在，谁也不去店子头拜年了，那里已经吃不上饭，就不用说招待亲戚了。”

我没有赶上老姑家的繁盛时期，也没有去拜过年。但因为店子头离我们村只有三里地，我有一个表姐，又嫁到那里，我还是去玩过几次的。印象中，老姑家还有几间高大旧砖房，人口却很少，只记得一个疤眼的表哥，在上海织了几年布，也没有挣下多少钱，结不了婚。其次就是大嘴哥。

大嘴哥比我大不了多少，也没有赶上他家的鼎盛时期。他发育不良，还有些喘病，因此农活上也不大行，只能干一些零碎活。

在我外出读书的时候，我们家已经渐渐上升为富农。自己没有主要劳力，除去雇一名长工外，还请一两个亲戚帮忙，大嘴哥就是这样来我们家的。

他为人老实厚道，干活尽心尽力，从不和人争争吵吵。平日也没有花言巧语，问他一句，他才说一句。所以，我们虽然年岁相当，却很少在一块玩玩谈谈。我年轻时，也是世俗观念，认为能说会道，才是有本事的人；老实人就是窝囊人。在大嘴哥那一面，他或者想，自己的家道中衰，寄人篱下，和我之间，也有些隔阂。

他在我们家，待的时间很长，一直到土改，我家的田地分了出去，他才回到店子头去了。按当时的情况，他是一个贫农，可以分到一些田地。不过他为人孱弱，斗争也不会积极，上辈的成分又不太好，我估计他也得不到多少实惠。

这以后，我携家外出，忙于衣食。父亲、母亲和我的老伴，又相继去世，没有人再和我念叨过去的老事。十年动乱，身心交瘁，自顾不暇，老家亲戚，不通音问，说实在的，我把大嘴哥差不多忘记了。

去年秋天，一个叔伯侄子从老家来，临走时，忽然谈到了大嘴哥。他现在是个孤老户。村里把我表姐的两个孩子找去,说:“如果你们照顾他的晚年,他死了以后,他那间屋子,就归你们。”两个外甥答应了。

我听了,托侄子带了十元钱,作为对他的问候。那天,我手下就只有这十元钱。

今年春天,在石家庄工作的大女儿退休了,想写点她幼年时的回忆,在她寄来的材料中,有这样一段:

> 在抗战期间,我们村南有一座敌人的炮楼。日本鬼子经常来我们村扫荡,找事,查户口,每家门上都有户口册。有一天,日本鬼子和伪军,到我们家查问父亲的情况。当时我和母亲,还有给我家帮忙的大嘴大伯在家。母亲正给弟弟喂奶,忽听大门给踢开了,把我和弟弟抱在怀里,吓得浑身哆嗦。一个很凶的伪军问母亲,孙振海(我的小名——犁注)到哪里去了?随手就把弟弟的被褥,用刺刀挑了一地。母亲壮了壮胆说,到祁州做买卖去了。日本鬼子又到西屋搜查。当时大嘴大伯正在西屋给牲口喂草,他们以为是我家的人。伪军问:孙振海到哪里去了?大伯说不知道。他们把大伯吊在房梁上,用棍子打,打得昏过去了,又用水泼,大伯什么也没有说,日本鬼子走了以后,

我们全家人把大伯解下来,母亲难过地说:叫你跟着受苦了。

大女儿幼年失学,稍大进厂做工,写封信都费劲。她写的回忆,我想是没有虚假的。那么,大嘴哥还是我们一家的救命恩人。抗战胜利,我回到家里,他从来没有提起过这件事。初进城那几年,我的生活还算不错,他从来没有找过我,也没有来过一次信。他见到和听到了,我和我的家庭,经过的急剧变化。他可能对自幼娇生惯养,不能从事生产的我,抱有同情和谅解之心。我自己是惭愧的。这些年,我的心,我的感情,变得麻痹,也有些冷漠了。

一九八五年六月二十七日下午

悼念田间

昨天是星期日，心情烦乱，吃罢晚饭，院子里安静些了，开门到台阶上站立。紧邻李夫，从屋里出来，告诉我：

“田间逝世了。”

“你从哪里得来的消息？”我大吃一惊。

李夫回屋，取来一张当天的《今晚报》，他是这家报纸的总编辑。

消息是不会错的，田间确是不在了。我回到屋里，开灯看了这段消息。我一夜辗转不安，我还能为他做些什么呢？前一个月，张学新来，说他害病，我写了一张明信片给葛文，没得到回复，我还以为她忙。

一九四〇年，我在晋察冀通讯社，认识田间，他虽然比我小几岁，已经是很有名的诗人，我很尊重他。他对我们这些文学爱好者，如邓康、康濯、曼晴，也有一种特殊的感情，主动把我们写的东西，介绍到大后方去。我的稿子并没有得到发表，但记得他那认真的，诚挚的情谊。不久，他调到晋察冀文协，把我和邓康带去，作为他的助手。我们一同工作了不算短的时间。一九四二年整风以后，他到盂县下乡，我也调动了工作。

一九四四年春天，我随大队去延安，经过盂县，他在道路旁边等候我作别。是个有霜雪的早晨，天气很冷，我身上披着，原是他坚壁起来的一件日本军用皮大衣，他当记者时的胜利品，羊皮上有一大片血迹。取这件衣服，我并没告诉他，他看见后，也没说什么。这件衣服，我带到延安，被一次山洪冲走了。

在文协工作时，他见我弄不到御寒的衣物，还给过我一件衣服。是他在大后方带来的驼色呢子大衣，我曾穿回冀中，因为颜色和形式，在当时实在不伦不类，妻子给我加了黑粗布面子，做成了一件短夹袄。

那时，吃不上好东西，他用大后方寄来的稿费，请我们在滹沱河畔的一家小饭馆，吃过鱼。又有一次他卖掉一条毛毯，请我们吃了一顿包子。

这些事，我在什么文章里记过了。

田间的足迹，留在晋察冀的艰难的山路上。他行军时的一往无前的姿态,一直留在我的心中。他总是走在我们的前面。他的诗,也留在晋察冀的各个村落和山头上。抗战八年,田间在诗人中,是一个勇敢的,真诚的,日以继夜,战斗不息的战士。近年来,可能有人对他陌生,甚至忘怀。但是,他那遍布山野村庄,像子弹一样呼啸的诗,不会沉寂。

田间是一个诗人,他成名很早,好像还没有领会人情世故,就出名了,他一直像个孩子。在山里,他要去结婚了,棉裤后面那块一尺见方的大补丁,翻了下来,一走一忽闪,像个小门帘。房东大娘把他叫了回来,给他缝上。他也不说什么,只是天真地笑了笑,就走了。

后来,他当了盂县县委宣传部长,后来又当了雁北地委秘书长,我都很奇怪,他能做行政工作吗?但听说都干得不错。

他天真,他对人真诚。解放后,我每次到北京,他总到我住的地方看我。我到他那里去, 他总是拉我到街上,吃点什么。那几年,他兴致很好,穿着、住处,都很讲究。

一九五六年以后,因为我闹病,很少见到他。一九七五年,我和别人去逛八达岭,到他家看了看,他披着一件油垢不堪的大棉袄, 住在原来是厨房的小屋里。因为人多,说了几句话,我向他要了两盒烟,就出来了。一九七八年,我到北京开了一个星期的会,他虽然有家,却和我在旅馆里同住。除去在山里,这算是我们相处时间最长的一次了。但也没有多少话好说了。

坦诚地说,我并不喜欢他这些年写的那些诗。我觉得他只在重复那些表面光彩的词句或形象。比如花呀,果呀,山呀,海呀,鹰呀,剑呀。我觉得他的诗,已经没有了《给战斗者》那种力量。但我没有和他谈过这些,我觉得那是没有用处的,也没有必要。时代产生自己的诗人,但时代也允许诗人,按照自己的意愿,走完自己的道路。

我不自量,我觉得我是田间的一个战友。抗日战争,敌后文艺工作,不只别人,连我自己,也渐渐淡漠了。但现在,我和田间,是生离死别,不能不想到一些往事。我早晨四点钟起来,写这篇零乱颠倒的文章,眼里饱含泪水。

一九八五年九月二日

晚秋植物记

白 蜡 树

庭院平台下,有五株白蜡树,五十年代街道搞绿化所植,已有碗口粗。每值晚秋,黄叶飘落,日扫数次不断。余门前一株为雌性,结实如豆荚,因此消耗精力多,其叶黄最早,飘落亦最早,每日早起,几可没足。清扫落叶,为一定之晨课,已三十余年。幼年时,农村练武术者,所持之棍棒,称作白蜡杆。即用此树枝干做成,然眼前树枝颇不直,想用火烤制过。如此,则此树又与历史兵器有关。揭竿而起,殆即此物。

石　榴

前数年买石榴一株，植于瓦盆中。树渐大而盆不易，头重脚轻，每遇风，常常倾倒，盆已有裂纹数处，然尚未碎也。今年左右系以绳索，使之不倾斜。所结果实为酸性，年老不能食，故亦不甚重之。去年结果多，今年休息，只结一小果，南向，得阳光独厚。其色如琥珀珊瑚，晶莹可爱，昨日剪下，置于橱上，以为观赏之资。

丝　瓜

我好秋声，每年买蝈蝈一只，挂于纱窗之上，以其鸣叫，能引乡思。每日清晨，赴后院陆家采丝瓜花数枚，以为饲料。今年心绪不宁，未购养。一日步至后院，见陆家丝瓜花，甚为繁茂，地下萎花亦甚多。主人问何以今年未见来采，我心有所凄凄。陆，女同志，与余同从冀中区进城，亦同时住进此院，今皆衰老，而有旧日感情。

瓜 蒌

原为一家一户之庭院，解放后，分给众家众户。这是革命之必然结果。原有之花木山石，破坏糟蹋完毕，乃各占地盘，经营自己之小房屋，小菜园，小花圃，使院中建筑地貌，犬牙交错，形象大变。化整为零，化公为私，盖非一处如此，到处皆然也。工人也好，干部也好，多来自农村，其生活方式，经营思想，无不带有农民习惯，所重者为土地与砖瓦，观庭院中之竞争可知。

我体弱，无力与争。房屋周围之隙地，逐渐为有劳力、有心计者所侵占。唯窗下留有尺寸之地。不甘寂寞，从街头购瓜蒌子数枚，植之。围以树枝，引以绳索，当年即发蔓结果矣。

幼年时，在乡村小药铺，初见此物。延于墙壁之上，果实垂垂，甚可爱，故首先想到它。当时是独家经营的新品种，同院好花卉者，也竞相种植。

东邻李家，同院中之广种博收者也。好施肥，每日清晨从厕所中淘出大粪，倾于苗圃，不以为脏。从医院要回瓜蒌秧，长势颇壮，绿化了一个方面。他种的瓜蒌，迟迟不结果，其花为白绒状，其叶亦稍不同，众人嘲笑。李家坚信不移，请看来年，而来年如故。一王姓客人过而笑曰：此非瓜蒌，乃天花粉也，药材在根部。此客号称无所不知。

我所植，果实逐年增多，李家仍一个不结。我甚得意，遂去破绳败枝，购置新竹竿搭成高大漂亮架子，使之向空中发展，炫耀于众。出乎意外，今年亦变为李家形状，一个果也没有结出。

幸有一部《本草纲目》，找出查看。好容易才查到瓜蒌条，然亦未得要领，不知其何以有变。是肥料跟不上，还是日光照射不足？是种植几年，就要改种，还是有什么剪枝技术？书上都没有记载。只是长了一些知识：瓜蒌也叫天花粉，并非两种。王客所言，也是只知其一，不知其二。

然我之推理，亦未必全中。阳光如旧并无新的遮蔽。肥料固然施得不多，证之李家，亦未必因此。如非修剪无术，则必是本身退化，需要再播种一次新的种子了。

种植几年，它对我不再是新鲜物，我对它也有些腻烦。现在既不结果，明年想拔去，利用原架，改种葡萄。但书上说拔除甚不易，其根直入地下，有五六尺之深。这又不是我力所能及的了。

灰　菜

庭院假山，山石被人拉去，乃变为一座垃圾山。我每日照例登临，有所凭吊。今年，因此院成为脏乱死角，街道不断督促，所属机关，才拨款一千元，雇推土机及汽车，把垃圾运走。光滑几天，不久就又砖头瓦块满地，机关原想在空地种些花木，花钱从郊区买了一车肥料，卸在大门口。除院中有心人运些到自己葡萄架下外，当晚一场大雨，全漂到马路上去了。

有一户用碎砖围了一小片地，扬上一些肥料。不知为什么没有继续经营。雨后野草丛生，其中有名灰菜者，现在长到一人多高，远望如灌木。家乡称此菜为“落绿”，煮熟可作菜，余幼年所常食。其灰可浣衣，胜于其他草木灰。故又名灰菜。生命力特强，在此院房顶上，可以长到几尺高。

一九八五年十月八日

小　贩

我在农村长大，没见过大杂院。后来在保定，到一个朋友家里，见到几户人家，同时在院子里生炉子做饭，乱哄哄的，才有了大杂院的印象。

我现在住的大杂院，有三十几户人家，一百多口人，其大其杂，和没有秩序，是可以想象的。每天还川流不息地有小贩进来，吆喝、转悠、窥探。不知别人怎样，我对这些人的印象，是不怎么好的。他们肆无忌惮，声音刺耳，心不在焉，走家串户，登堂入室。买破烂的还好，在院里高声喊叫几声，游行一周，看看没有什么可图，就出去了。卖鸡蛋、大米、香油的，则常常探头探脑地到门口来问。最使人感到不安的，是卖菜刀的。青年人，长头发，短打扮，破书包里装着几把，手里拿着一把，不声不响地走进屋来，把手里的菜刀，向你眼前一亮：

“大爷来把刀吧！”

真把人冷不防吓一跳。并且软硬兼施，使孤身的老年人，不知如何应付，觉得最好的办法，还是言无二价地买他一把。因为站在面前的，好像不是卖刀的杨志，倒是那个买刀的牛二。

虽然有人在大门上，用大字写上了“严禁小贩入内”。在目前这个情况下，也只能是：有禁不止。

据说，这些小贩，在经济基础上，还有许多区分：有全民的，有集体的，有个体的。总之，不管属于哪一类，我一听到他们的吆喝声，就进户关门。我老了，不想买什么，也不想卖什么，需要的是安静和安全。

老年人习惯回忆，我现在常常想起，我幼年时在乡村，或青年时在城市，见到的那些小贩。

我们的村子是个小村，只有一百来户人家。一年之内，春夏秋冬，也总有一些小贩，进村来做买卖。早晨是卖青菜的，卖豆腐的，卖馒头的，晚上是卖擀杂面的，卖牛肉包子的。闲时是打铁的，补锅的，锔碗的，甩绸缎的。年节时是耍猴，唱十不闲、独角戏的。如果打板算卦也可以算在内，还能给村民带来音乐欣赏。我记得有一个胖胖的身穿长袍算卦的瞎子，一进村就把竹杖夹在腋下。吹起引人入胜的笛子来，他自己也处在一种忘我的情态里，即使没有人招揽他做生意，他也心满意足，毫无遗憾，一直吹到街的那头，消失到田野里去。

这些小贩进村来卖针线的，能和妇女打交道，卖玩具的，能和小孩打交道，都是规规矩矩，语言和气，不管生意多少，买卖不成人情在，和村民建立了深厚的感情。再进村，就成了熟人、朋友。如果有的年轻人调皮，年老的就告诫说，小本买卖，不容易，不要那样。

我在保定上中学时，学校门口附近有一个摊贩。他高个子，黑脸膛，沉静和气，从不大声说话，称呼我们为先生。在马路旁，搭了一间小棚，又用秫秸纸墙隔开，外面卖花生糖果，烧饼猪肉。纸墙上开一个小口，卖馄饨。当垆的是他的老婆，年纪不大，長得十分俊俏，从来不说话，也没有一点声响。只是听男人说一声，她就从小窗口，送出一碗馄饨来。我去得多了，和她丈夫很熟，可以赊账，也只是从小窗口偶尔看见过她的容颜。

学校限制学生吃零食，但他们的生意很好，我上学六年，他们一直在那里。听人说，他们是因为桃色事件，从山东老家逃到这里来的。夜晚，他们就睡在那间小小的棚子里，靠做这个小买卖，维持生活，享受幸福。

小棚子也经受风吹雨打，夜晚，他们做的是什么样的梦，我有时想写一篇小说。又觉得没有意思。写成了，还不是一篇新的文君当垆的故事。

不过，我确是常常想，他们为什么能那样和气生财，那样招人喜爱，那样看重自己的职业，也使得别人看重自己。他们不是本小利薄吗？不是早出晚归吗？劳累一年，才仅仅能养家糊口吗？

一九八五年八月三十一日

关于丁玲

一

三十年代初，我在保定读高中，那里有个秘密印刷厂，专翻印革命书籍，丁玲的早期小说也在内，我读了一些，她是革命作家，又是女作家，这是容易得到年轻人的崇拜的。过了二年，我在北平流浪，有一次在地摊上买了几期《北斗》杂志，这也是丁玲主编的，她的著名小说《水》，就登在上面。这几期杂志很完整，也很干净。我想是哪个穷学生，读过以后忍痛卖了。我甚至想，也许是革命组织，故意以这种方式，使这家刊物，广为传送。我保存了很多年，直到抗日战争或土地改革时，才失掉了。

二

不久,丁玲被捕,《现代》杂志上登了她几张照片,我都剪存了,直到我认识了丁玲,还天真地写信问过她,要不要寄她保存。丁玲没有复信, 可能是以为我既然爱好它,就自己保存吧。上海良友图书公司,出版了她的小说《母亲》,我很想买一本,因为经济困难作罢,但借来读过了。同时我读了沈从文写的《记胡也频》和《记丁玲》,后者被删了好多处。

三

一九四四年,我在延安。有一次严文井同志带我和邵子南去听周恩来同志的讲话。屋子不大,人也不多,我第一次见到了丁玲。她坐在一条板凳上,好像感冒了,戴着口罩,陈明同志给她倒了一杯开水。我坐在地上,她那时还不认识我。

一九四八年秋天,她到了冀中,给我写了一封信。那时我正在参加土改,有两篇文章,受了批评。她在信中安慰了我几句,很有感情。

四

一九五〇年,我到北京开会,散会后同魏巍到丁玲家去。她请晋察冀边区的几个青年作家吃饭,饭菜很丰盛,饭后,我第一次吃到了哈密瓜。

也是这年冬季,我住在北京文学研究所,等候出差。丁玲是那里的负责人。星期六下午,同院的人都回家去了。丁玲来了,找谁谁不在。我正在房子里看书,听到传达室的人说:

"孙犁……"

丁玲很快回答说:

"孙犁回天津去了。"

传达室的人不说话了,我也就没有出去。我不好见人,丁玲也可能从接触中,了解到我这一弱点。

五

又过了几年，北京召开批判丁、陈的大会，天津也去了几个人，我在内。大家都很紧张。在小组会上确定谁在大会发言时，有人推我。我想：你对他们更熟悉，更了解，为什么不上？我以有病辞。当时中宣部一位负责人说：

“他身体不好，就算了吧。”

直到现在，我还记得这句为我排忧解难的好话。

我真病了。一九五七年住进北京的红十字会医院，严重神经衰弱。丁玲托人给我带来一封信，还给我介绍了一位湖南医学院的李大夫，进院看病。当年夏季，我转到小汤山疗养，在那里，从广播上听到了丁玲的不幸遭际。

从此，中断信息很多年。前几年，她到天津来了一次，到家来看了我，我也到旅舍去看望了她和陈明同志。不久我见到了中央给她做的很好的结论，我很高兴。

六

丁玲，她在三十年代的出现，她的名望，她的影响，她的吸引力,对当时的文学青年来说,是能使万人空巷的,举国若狂的。这不只因为她写小说,更因为她献身革命。风云兴会,作家离不开时代。后来的丁玲,屡遭颠踬,社会风尚不断变化,虽然创作不少衰,名声不少减,比起三十年代,文坛上下,对她的热情与瞩望,究竟是有些程度上的差异了。

一颗明亮的,曾经子夜高悬,几度隐现云端,多灾多难,与祖国的命运相伴随,而终于不失其光辉的星,陨落了。

谨记私人交往过从,以寄哀思。

一九八六年三月七日下午二时写讫

芸斋琐谈

谈 赠 书

青年时，每出一本书，我总是郑重其事，签名赠给朋友们，同事们，师长们。这是青年时的一种兴致，一种想法，一种情谊。后来我病了，无书可赠，经过文化大革命，这种赠书的习惯，几乎断绝。

这几年，我的书接连印了不少，我很少送人。除去出版社送我的二十本，我很少自己预订。我想：我所在地方的党政领导、文化界名流，出版社早就送去了，我用不着再送，以免重复。朋友们都上了年岁，视力不佳，兴趣也不在这上面，就不必送了。我的书大都是旧作，他们过去看过，新写的文章，没有深意，他们也不会去看的。

当然也有例外。近些年来有的同志，把书看成一种货物，一种交换品，或者说是流通品。我有一位老战友，从外地调到本市，正赶上《白洋淀纪事》重印出版。他先告诉我，给他在北京的小姨子寄一本，我照地址寄去了。他要我再送他一本，他住招待所，他把书送给了服务员。他再要一本，我又在书上签了名。他拿着书到街上去了。年纪大了尿频，他想找个地方小便。正好路过我所在的机关，他把书交给传达室说："我刚从某某那里出来，他还送我一本书哩。你们的厕所在什么地方？"

等他小解出来，也不再要那本书，扬长走去了。

传达室问："书哩？"

"你们看吧！"他摆摆手。他是想用这本书拉上关系，永远打开这座方便之门。

老战友直言不讳告诉我这些事。我作何感想？再赠他书，当然就有些戒心了，但是没有办法。他消息灵通，态度执著，每逢我出了书，还是有他的份。至于他怎样去处理，只好不闻不问。

这些年，素不相识的人，写信来要书的也不少。一般的，我是分别对待。对于那些先引证鲁迅如何在书店送书给青年等等范例的人，暂时不送。非其人而责以其人之事，不为也。对于那些先对我进行一大段吹捧，然后要书的人，暂时也不送。我有时看出:他这样的信,不只发向我一人。对于用很大篇幅,很多细节描述自己如何穷困,像写小说一样的人,也暂时不送。我想,他何不把这些心思、这些力量,用去写自己的作品?

我不是一个慷慨的人,是一个吝啬的人;不是一个多情的人,是一个薄情的人。

但是,对于那些也是素不相识,信上也没有向我要书,只是看到他们的信写得清楚,写得真挚;寄来的稿子,虽然不一定能够发表,但下了工夫,用了苦心的青年人,我总是主动地寄一本书去。按照他们的程度,他们的爱好,或是一本小说,或是一本散文,或是一本文论。如果说,这些年,我也赠过一些书,大部分就是送给这些人了。我觉得这样赠书,才能书得其所,才能使书发挥它的作用,得到重视和爱护。

我是穷学生出身,后又当薪给微薄的村塾教师,爱书爱了一辈子。积累的经验是:只有用自己劳动所得买来的书,才最知爱惜,对自己也最有用。公家发给的书,别处来的料材,就差一些。

鲁迅把别人送给他的书,单独放在一个书柜里。自己印了书,郑重地分赠学生和故交,这是先贤的古道。我虽然把别人送我的书,也单独放在一个书架上,却是开放的,孩子们和青年朋友们,可以随便翻阅,也可以拿走,去古道就很远了。

许寿裳和鲁迅是至交。鲁迅生前有新著作,总是送他一本的。鲁迅逝世之后,许寿裳向许广平要一本鲁迅的书,总是按价付款。这时许广平的生活,已经远不如鲁迅生前。这也是一种古道。

四川出版了我的小说选,那里的编辑同志,除赠书二十册外,又热情地代我买了五十册。我收到这些书以后,想到机关同组的同志,共事多年,应该每人送一本。书送去以后,竟争相传言:某某在发书,你快去领吧!

像那些年发材料一样热闹,使我非常败兴,就再也不愿做这种傻事了。

一九八四年十月二十二日

谈通俗文学

目前,通俗文学大兴,谈论通俗文学的文章,也多起来了,这是一个新势头。

按说,通俗,应该是一切文学作品的本质,不可缺少的属性。不知从什么时候起,文学作品被分为通俗的与不通俗的了。

关于文学的起源有种种说法。最初的文学是口头文学,这是没有争议的。既是口头文学,它的产生和后来的文字记录,都不存在通俗不通俗的问题。

中国的口头文学,包括说唱文学,从产生以后,一直持续下来,并没有中断过。文学史上说,“说话”这一形式,唐代已有,至宋而大兴,不过是就已有的文字记载而言。古人既然把小说,说成是街谈巷议,那就随时随地,都可以产生小说,而且都是通俗的作品。

口头文学,是通俗文学的最初的形式,也是最基本的形式,包括后来的“话本”和“拟话本”章回小说和演义小说。

口头文学虽然有天然的通俗秉赋,但并不是每篇作品都可以成功。有很多口头文学,随生随灭,行之不远。只有少数,记录为文字,才得以流传。宋人话本小说,最为著称。现存的七个短篇,几乎不用修饰润色,就已经是完整的文学作品。

有的最初流传的文字粗糙,经后来的大作家重新编写,成为新的通俗文学。如在《三国志平话》基础上,写出的《三国演义》;在《大唐三藏取经诗话》基础上,写出的《西游记》;在《大宋宣和遗事》基础上,渐渐演变成的《水浒》等等。这些作品的文学水平,大大超越了它的口头阶段,它的通俗的效用,也大大增强,大大推广了。

口头文学向文字创作的这一演变,成为每一个民族文学遗产形成和积累的规律。

典雅的唐人传奇小说,有的也是根据口头文学改写而成。白行简的《李娃传》,就是根据作者幼年听来的故事,写出来的。口头文学,一变而为古文传奇,可以说是从通俗变得不通俗了。但是,经过这一创作,才使这一题材流传千古。而最初的口头故事,早已失传。其"通俗"的范围,也可以说是加大了。当然因改编者才力不等,失败之作也不少。文学规律千变万化,不能刻舟求剑。

自宋迄清,通俗小说甚多,据专家著录,小说名目,有八百余种,还都是有过刻本的。流传下来的,却非常寥寥。我幼年时,在乡村庙会所见,书摊陈列的石印劣纸小字通俗小说,包括供说唱用的小说,也不过十几种。后来进入城市,在学校图书馆或书市所见,通俗小说的种类也很少。可见所谓通俗小说,大多数寿命很短,以后就消亡了。

考其原因,这些作品,出自两途:一为说书艺人,艺人胆大,兴到之处,时有发挥;一为失意文士,泥于史实,囿于理教,所作多酸腐。这两种人,多数学识浅薄,文字修养薄弱。其写作的目的,只是为了糊口,度过一时的生活困难。虽极力迎合群众的低级趣味,因为实在缺乏文学吸引力,不能受到欢迎。

其次,旧社会读书识字的人很少,花钱买书的人就更少。有能力读书并有钱买书的人,对书籍还要选择一下。不识字的人,即使写得多么通俗,也还要借助说讲演唱。如果写得干燥无味,艺人们也不会选用。

通俗小说,过去也被称作闲书,是为了叫人消愁解闷的。消愁解闷,也需要一定的艺术手段。人世间,不会有真正的闲书,正如没有真正的净土一样。真正的闲书,是没有人看的,也不会存在。

通俗文学,是一种文学,它标榜的是:“话须通俗方传远,语必关风始动人。”在艺术上,也是不厌其高,只厌其低的。《三国演义》、《水浒》,都是通俗文学,也被公认是民族文学的高峰。任何艺术,都需要通俗,都需要雅俗共赏。通俗文学,不应该是文学作品的自贬身价的口实。

每个时代,都有远见卓识的文人,为文学的通俗而努力。在理论和创作实践上,都有过重大的贡献,许多作家的文集,都编入他们所写的通俗作品。在政治变革时期,通俗文学尤其为人重视。例如清朝末年,梁启超的文学主张,以及他所写的政治小说。

“五四”新文学,实际是文学总体上的一次通俗运动。“左联”时期,推动了文学的大众化。“九一八”事变以后,瞿秋白同志写了很多通俗文学作品,抗日战争时期,解放区的文学,在通俗方面作了极大的努力,成绩也很可观。

“五四”以后,传统的通俗文学,并不兴旺。“五四”新文学运动,文学语言解放了,大大消除了通俗不通俗的界限。但在创作方法上有些欧化,提倡的是现实主义,内容上是启蒙主义。所有封建迷信,神秘怪诞,才子佳人,武侠剑客,都在排斥之列。通俗小说的市场很小,只有大城市的一些商业小报,连载一些章回体小说,一些新兴的书店,很少出版陈列这类作品。革命的文艺读物,几乎拥有了全部青年。

无论是梁启超,还是瞿秋白写的通俗文学作品,在当时的作用和后来的影响,都是很有限的。它们既为知识分子层所忽略,也不为广大群众所欣赏。这有几方面的原因:一是作者把这种形式,当成是一种纯政治的宣传。二是把通俗与不通俗,看成是单纯形式上的问题。三是对群众的理解和欣赏能力,估计太低。基于以上认识,使他们创造出来的通俗文学作品,常常流于粗糙概念,缺乏艺术的感染力量。

目前通俗文学作品的突起,有它历史的特殊遭遇。这是十年动乱,文化传统濒于破产。和长期以来思想禁锢的结果。是对过去的一种反动,是一个回流。目前的通俗文学的特点,不在于形式上的仿古,而在于内容的陈旧,还谈不上什么新的内容和新的创造, 它只是把前一个时期不许启动的食品橱门,突然打开了而已。这一开放,可能使各式各样的政治概念化的作品受到冲击,但如果说,它会冲垮传统的现实主义文学,那就是过分夸大了。随着人民群众文化修养的提高,现有的通俗文学,自然要受到历史的检验。因为对文学艺术的鉴赏能力,是和文化修养,甚至也和道德伦理修养,一同向前,一同向上的。

它对出版事业的影响,也是如此。不从长远的文化教育利益着眼,只为了一时赚钱,解除不了出版事业的困境。鲁迅记述:三十年代,上海有个“美的书店”,它不只编印《性史》,而且预告要出一本研究女人的“第三种水”的书,其售货员都是雇用的时髦女郎,里里外外,号召力和刺激性都够大的了。然而没有很久就倒闭了,并没有赚了多少钱。能赚钱并能促进国民文化教育的,还是不出下流书籍的商务印书馆、中华书局和开明书店。目前有些出版社赔钱,是管理制度上的问题,并不是出什么书的问题。

文学现象,自然是社会现象、社会意识的一种反映。目前通俗文学的流行,与时代思潮模糊,密切相关。它与现实主义文学的分别,不在于它提供的形式,而在于它提供的内容。这与其说是文学上的一次顿挫,不如说是哲学上的一次顿挫。然而现象变幻的结果,必然是曲终奏雅,重归于正的。

一九八四年十一月三十日

谈鼓吹

按照昭明太子的说法,文章重要的一体,为歌颂。“颂者,所以游扬德业,褒赞成功。”因此,如果文章做得确实好,再得到评论界的颂扬鼓吹,也是顺理成章的事儿。

鼓吹,并不是坏名词。它本身就是一种艺术。我有一部文明书局石印的小书,就名为《唐诗鼓吹》。可见,在过去,无论是选家,还是评论家,都不忌讳这个词儿。

我也不能说，自己没有充当过鼓吹手，充当这种角色，也不能说仅是一次两次。

既然做得多了，也就总结出一些经验教训，愿与从事鼓吹的同志们商讨。主要有以下三点：

一、对青年，初学写作者，鼓吹较多，对名家鼓吹较少。对青年，初学写作者，已经步上名家高台的，也就不去鼓吹了。

理由：凡是青年，初学写作者，还都处在步履艰难阶段。扶他一把，哪怕是轻轻的一把，他也很容易动感情，会有知己之感。就是批评他两句，指出他一些缺点，他也是高兴的。如果他平步青云，成了红人，评论者蜂拥而上，包围得风雨不透，就不要再去沾边，最好退下来，再去寻找新的青年，新的初学写作者。因为此时此地，对他来说，过去那种鼓吹法，已经不顶事。他需要的是步步高的调门，至于谈缺点，讲不足，那就更是不识时务了。

二、对于名家，特别是兼有某种“官衔”、某种地位的名家，无论他来信表示多么谦逊，也不要轻易去评论人家的作品。每逢大考之期，即评奖举行之时，也不要对竞争中的作品，轻易发言。

这倒不是出于什么害怕名家，或其他心理。是因为：

如果你提出的意见,只是人云亦云的,那对双方都是浪费;如果你提出与众不同,甚至相反的看法,名家是很不习惯接受的;如果确实看到了艺术上成功的要点或失败的要害,估计这一位名家,也能有为之折服的涵养,还要考虑到他的周围那些抬轿子的职业家。再说,指出要点,为人折服,谈何容易?有那种眼力和修养吗?人贵有自知之明,最妥当的办法,还是不要去碰。

三、对于老朋友,其中包括原来是初学写作者,也曾鼓吹过,现在已经到了中年,文坛之上,小有地位,如果又有新作,看过,觉得好,也可以再为鼓吹。但也只限一两次,不可多为。

总之,鼓吹不可废。文学之有鼓吹,正如戏曲之有捧场。但鼓吹也是要有立场,要有分寸的。前不久,读了一本洪宪时期的笔记,上记名士易实甫,在剧场捧坤角时,埋首裤裆,高举双臂,鼓掌不息。口中还不断胡言乱语,甚至亲妈亲娘地喊叫。如果所记是实,这种捧场,就未免过分了些,有失体统了。

一九八五年六月十三日

官浮于文

最近收到某县一个文艺社办的四开小报，在两面报缝中间，接连刊载着这一文艺社和它所办刊物的人事名单。文艺社设顾问九人(国内名流或其上级人员),名誉社长一人,副社长八人,秘书长一人,副秘书长二人。此外还有理事会:理事长一人,副理事长七人,常务理事十人,理事二十一人。并附言:“本届保留三名理事名额,根据情况,经理事会研究,报文艺社批准。”这就是说,理事实际将升为二十四人。

以上是文艺社的组成。所办小报(月报)则设:主编一人,副主编七人,编委十四人。现在是六月份,收到的刊物是一九八五年第一期,实际是不定期了。看了一下,质量平平。

一个县根据情况,成立一个文艺社或几个文艺社,联络感情,交流心得,都是应该的,必不可少的。这样大而重叠的组织机构,却有些令人吃惊,也可能是少见多怪。文艺团体变为官场,已非一朝一夕之事,而越嚷改革,官场气越大,却令人不解。如某大刊物,用整个封二版面,大字刊登编委名单,就使人有声势赫然类似委任状之感。

这个文艺社,不知有多少社员,据介绍它的第二次社员代表大会,出席者九十余人。一个县的文艺社开会,为什么不让全体社员参加,还要开代表会?这里先不去谈。一个代表,代表几名会员,也难以测知。就算代表三个吧,二百七十名会员的文艺社,用得着由六十三个人组成的领导班子吗?四开不定期小报,用得着二十二个人组成的编委会吗?

据介绍,代表大会期间,有报告,有章程,有规划,有决议,有慰问信。这都是开大会的常规。作为一个文艺社,读书和创作方面的措施,都没有具体的介绍。

目前文艺界开会,对创作讨论少,对人事费心多,这已经不是个别地方的事,因此不能责怪下面。在大会之上,作家们不是在作品上共研讨,而是在选票上争多少。一旦当选,便认为与众不同,一旦票多,则更认为民心所向。果如是乎?而且很多人去争,弄得一些老实人,也坐不住,跟着上。不只形成一种奇异心理,而且造成一种市场现象,这能说是新时代文艺界的幸事吗?

平日闲谈之间,也曾问过一位明达事理,对官场、文场也都熟悉的同志：

“争一个主席、副主席，一个理事，甚至一个会员代表，一个专业作家，究竟有什么好处？人们弄得如此眼红心热呢？”

这个同志答道：

“你不去争，自有你不争的道理和原因，至于你为什么没有尝到其中的甜头，这里先不谈。现在只谈争的必要。你不要把文艺官儿，如主席、主任之类，只看成是个名，它是名实相副，甚至实大于名。官一到手，实惠也就到手，而且常常出乎一般人预料之外。过去，你中个进士，也不过放你个七品县令，俸禄而已。现在的实惠，则包括种种。实惠以外，还有影响。比如，你没有个官衔，就是日常小事，你也不好应付，就不用说社会上以及国内国外的影响了。”

和我谈话的同志，原来在一个协会当秘书长，我劝他退下来专心创作，听了他的一番话之后，我也同意他再弄个官儿干几年，结果他又去当了什么研究会的会长。

文艺和官，连在一起，好像不调和，其实，古已有之，即翰林学士之类。不过没有现在这么多罢了。其俸禄，仍由吏部掌管，像现在的文艺社，协会等等，过去也有类似之团体，但其开支,都是自筹的,今天机构之所以越来越庞大,竞争越来越激烈,是因为这些文艺团体,实际上已经与官场衙门,没有多少区别了。此亦谈文艺改革者,所当考虑者乎?

一九八五年六月十五日

诗外功夫

在报刊上,常看到文艺界一些模范事迹。如某作家,在公共汽车上降伏了惯匪流氓;某编辑一手接过业余作者的稿件,一手送给他二百元零花,并在修改稿件期间,给作者炖小鸡,送水果;某诗人代人打了一场难打的官司,居然打赢了等等。都感到这些同志形象高大,所作所为,近于侠义。

好在前两项没人要求我去做。第一,自己年老、体弱、多病,看见流氓,避之唯恐不及,当然谈不上与之交手对抗。第二,负责看看稿子,有时还可以做到,经济上的无微不至的照顾,是有些不方便了。第三项,却有人找到名下来。信上说,某某作家替人打赢了官司,你也替我打打吧。复印来的材料,我都看不清楚,这使我很为难。我从来没有打过官司，自幼母亲教育我：饿死不做贼，屈死不告状。我一直记着这两句话。自己一生，就是目前，也不能说没有冤苦，但从来没有想到过告状，打官司。此事也难以向来信者说清楚，只好置之，我想他还会去找那一位能打赢官司的诗人的，能者多劳吧。不久见他登报声明，招架不住了。

人的能力、志趣、爱好，确是各有不同，不能求全责备的。作家而兼勇士，编辑而兼义侠，诗人而擅诉讼，这都是令人羡慕的。但恐怕不是人人能做到的。即如编辑，月薪六十元，一见面就掏出二百，没有点存项，就做不到。认真处理稿子，善始善终，也就可以说是恪尽厥职了。君任其难者，我从其易者。

在中国，人多，事情也多，目前，个人从事一份慈善事业，恐怕也不能持久。一个作家，在汽车上如果连续两次捉拿强盗，管保不久就有人把你聘请为治保员。一个编辑，如果对每个业余作者，都包办生活费用，他的办公桌上，稿件将积压成山，有多少存款，也得宣告破产。诗人继续替人打官司，只能改业律师。

有些事情，作为新鲜例子，宣传宣传，固无不可，大家都仿效起来，有时就行不通。因为这并不是从根本上解决问题的途径。

这就像某纱厂的女浴室，不断受到流氓的侵扰，厂方不出动保卫人员，却鼓励退休的老太太们去护卫少女，只能助长流氓们的嚣张。

有很多事，本职者不去干，甚至逃避，却宣传非本职者去干，于是有了很多业余的模范，有了更多的本职懒汉。其实不足为训。

比如说小报，这本是宣传文化部门应该注意，应该管的事。社会上已经议论纷纷，这些部门却按兵不动，等候上边的精神气候。只凭社会舆论，能把小报压下去？等到不可开交，才去处理，事情已经晚了半月。

左啦，右啦，争来争去，实在没有意思。现在也没有多少人，相信这个。必需像广州一样，从不法商店里拉出那些录音录像，公之于众，然后才相信确有精神污染。当然在有些人看来，这种做法就更是极“左”了。

一九八五年六月二十三日改讫

听朗诵

一九八五年，九月十五日晚间，收音机里，一位教师正在朗诵《为了忘却的纪念》。

这篇散文，是我青年时最喜爱的。每次阅读，都忍不住热泪盈眶。在战争年代，我还屡次抄录、油印，给学生讲解，自己也能背诵如流。

现在，在这空旷寂静的房间里，在昏暗孤独的灯光下，我坐下来，虔诚地、默默地听着。我的心情变得很复杂，很不安定，眼里也没有了泪水。

五十年过去了。现实和文学，都有很大的变化。我自己，经历各种创伤，感情也迟钝了。五位青年作家的事迹，已成历史，鲁迅的这篇文章，也很久没有读，只是偶然听到。

革命的青年作家群，奔走街头，振臂高呼，终于为革命文学而牺牲。这些情景，这些声音，对当前的文坛来说，是过去了很久，也很远了。

是的，任何历史，即使是血写的历史，经过时间的冲刷，在记忆中，也会渐渐褪色，失去光泽。作为文物陈列的，古代的佛教信徒，用血写的经卷，就是这样。关于仁人志士的记载，或仁人志士的遗言，在当时和以后，对人们心灵的感动，其深浅程度，总会有不同吧？他们的呼声，在当时，是一个时代的呼声，他们心的跳动，紧紧接连着时代的脉搏。他们的言行，在当时，就是群众的瞩望，他们的不幸，会引起全体人民的悲痛。时过境迁，情随事变，就很难要求后来的人，也有同样的感情。

时间无情，时间淘洗。时间沉淀，时间反复。历史不断变化，作家的爱好，作家的追求，也在不断变化。抚今思昔，登临凭吊的人，虽络绎不绝，究竟是少数。有些纪念文章，也是偶然的感喟，一时之兴怀。

世事虽然多变，人类并不因此就废弃文学，历史仍赖文字以传递。三皇五帝之迹，先秦两汉之事，均赖历史家、文学家记录，才得永久流传。如果没有文字，只凭口碑，多么重大的事件，不上百年，也就记忆不清了。文字所利用的工具也奇怪，竹木纸帛，遇上好条件，竟能千年不坏，比金石寿命还长。

能不能流传，不只看写的是谁，还要看是谁来写。秦汉之际，楚汉之争，写这个题材的人，当时不下百家。一到司马迁笔下，那些人和事，才活了起来，脍炙人口，永远流传。别家的书，却逐渐失落，亡佚。

白莽柔石，在当时，并无赫赫之名，事迹亦不彰著。鲁迅也只是记了私人的交往，朋友之间的道义，都是细节，都是琐事。对他们的革命事迹，或避而未谈，或谈得很简略。然而这篇充满血泪的文字，将使这几位青年作家，长期跃然纸上。他们的形象，鲁迅对他们的真诚而博大的感情，将永远鲜明地印在凭吊者的心中。

想到这里,我的心又平静了下来,清澈了下来。

文章与道义共存。文字可泯,道义不泯。而只要道义存在,鲁迅的文章,就会不朽。

一九八五年九月二十一日晨改抄讫

谈　死

国庆节,帮忙的人休息,儿子来给我做饭,饭后我和他闲谈。

我说:你看,近来有很多老人,都相继倒了下去。老年人,谁也不知道,会突然发生什么变故。我身体还算不错,这是意外收获。但是,也应该有个思想准备。我没有别的,就是眼前这些书，还有几张名人字画。这都是进城以后,稿费所得,现在不会有人说是剥削来的了。书,大大小小,有十个书柜,我编了一个草目。

书,这种东西,历来的规律是:喜欢它的人不在了,后代人就把它处理掉。如果后代并不用它，它就是闲物,而且很占地方。你只有两间小房,无论如何,是装不下的。我的书,没有多少珍本,普通版本多。当时买来,是为了读,不是为了买古董,以后赚钱。现在卖出去,也不会得到多少钱。这些书,我都用过,整理过,都包有书皮,上面还有我胡乱写上的一些字迹,卖出去不好。最好是捐献给一个地方,不要糟蹋了。

当然捐献出去,也不一定就保证不糟蹋,得到利用。一些图书馆,并不好好管理别人因珍惜而捐献给他们的书。可以问问北京的文学馆,如果他们要,可能会保存得好些。但他们是有规格的,不一定每个作家用过的书,都被收存。

字画也是这样。不要听吴昌硕多少钱一张,齐白石又多少钱一张,那是卖给香港和外国人的价。国家收购,价钱也有限。另外,我也就只有几张,算得上文物,都放在里屋靠西墙的大玻璃柜中,画目附在书籍草目之后,连同书一块送去好了。

儿子默默地听着,一句话也没有说。大节日,这样的谈话,也不好再继续下去,我也就结束了自己的唠叨。儿子对一些问题,会有自己的想法。我的话,只能供他参考。我死后,他也会自作主张,他已经是四十多岁的人了。

我有些话，是不愿也不忍和他说的。比如近来读到的，白居易的两句诗："所营惟第宅，所务在追游"，在我心中引起的愤慨。还有，前些日子，一位老同志晚间来访，谈到一些往事，最后，他激动地拍着两手，对我说："看看吧，我们的手上，没有沾着同志们的血和泪！"在我心中引起的伤痛，就不便和孩子们讲。就是说了，孩子们也不会了解我们这一代人的心情的。

其实，生前谈身后的事，已是多余。侈谈书画，这些云烟末节，更近于无聊。这证明我并不是一个超脱的人，而是一个庸俗的人。曾子一生好反省，临死还说："启吾手，启吾足。"他只能当圣人或圣人的高足，是不会有什么作为的。历代的英雄豪杰，当代的风流人物，是不会反省的。不只所作所为，他一生中说过什么话，和写过什么文章也早已忘记得干干净净了。

王羲之说：死生亦大矣。所以他常服用五石散，希望延长寿命，结果促短了寿命。苏东坡一生达观，死前也感到恐怖。僧人叫他向往西方极乐世界，他回答说实在没有着力处。总之，生，母子虽经过痛苦，仍是一种大的欢乐；而死，不管你怎样说，终归是一件使人不愉快的事。

在大难之前，置生死于度外，这样的仁人志士，在中国,历代多有。在近代史上,瞿秋白同志,就义前的从容不苟,是最使后人凛凛的了。毕命之令下,还能把一首诗写完。刑场之上谈笑自若。这都是当时《大公报》的记载,毫无私见,十分客观。而“四人帮”的走狗们,妄图把他比作太平天国的李秀成,不知是何居心。这些虫豸,如果不把一切人一切事物,都贬低,都除掉,他们的丑恶形象是显现不出地表的。而一旦暴露在光天化日之下,他们又迅速灭亡了。这是另一种人、另一种心理的死亡。他们的身上和手上,沾满和浸透了人民的和革命者的血和泪。

一九八五年十月十八日

谈“补遗”

三十年代初,我在北平流浪,衣食常常不继,别的东西买不起,每天晚上,总好到东安市场书摊逛逛。那时郑振铎主编的《世界文库》,正在连载洁本《金瓶梅》,不久中央书局出版了这本书。很快在小书摊上,就出现了一本薄薄的小书。封面上画了一只金瓶,瓶中插一枝红梅,标题为《补遗》二字。谁也可以想到,这是投机商人,把洁本删掉的文字，辑录成册，借以牟利。

但在当时，确实没有见到多少青年人，购买或翻阅这本小书。至于我，不是假撇清，连想也没想去买它。

在小册子旁边，放着鲁迅的书，和他编的《译文》，也放着马克思和高尔基的照片。我倒是常花两角钱买一本《译文》，带回公寓去看。我也想过：《补遗》的定价，一定很昂贵。

今年夏天，我买了一部人民文学出版社出版的《金瓶梅》，写了一篇读书笔记发表。有一天，一位老工人作家来看我，谈到了这部书。他说：

“我也买到一部。亲戚朋友，都找我借看，弄得我很为难。借也不合适，不借也不合适。过去，我有一本《补遗》……”

“啊！”我吃了一惊，“你在哪里买的，价钱很贵吧？”

“一两角钱。解放前在天津，随便哪个书摊上，都可以买到。”他说。

“那你买的一定是翻版，我在北平见到的，定价很高。”我不知为什么，谈得很认真。

“这种书，还有什么原版翻版？”他笑了笑说，“小小一本携带方便。我读了好多遍，甚至可以背过。我还借给几个青年作家看过。现在大家买了洁本，如果有我那本小书，打印几份，分赠有这部书的同志，大家一定高兴。”

“嗐！”我笑着说，“你那不是精神污染吗？”

“什么污染不污染，不是为了叫大家读读全文吗？”他说，“可惜我这本小书没有了。文化大革命，我把它烧了。我怕人家说，工人作家读这样的书！”

这位工人作家，写了一辈子四平八稳的文章，小说中除去夫妻互相鼓励当模范，从来没有写过男女间的私情。文化大革命，因为出身工人阶级，平日又不得罪人，两派都说得来，两派出的造反小报他一块拿着去代卖。也就平平安安过来了。现在有好几个官衔在身，也可以说是功成名就，快乐安康。

使我吃惊的，不是他买了这一本书，是他竟能背过。无怪乎当代小说家，都说人的性格，是非常复杂的了。据人文洁本标明，共删去一万九千字，过去的洁本，删的就更多些。这个数字，可以和普式庚的小说《杜勃罗夫斯基》，梅里美的小说《卡尔曼》相当。如果他能背过这些书，他的小说，可能写得更开展一些吧。这是我的迂夫之想。他能背《补遗》，却也没有影响他的文字工作，没有影响他的生活作风，他是一个公认的规规矩矩的人。

解放这个城市时，我们接收一家报馆，在我的宿舍里，发现一本污秽小说，是旧人员仓促丢下的。好多日子不敢来取，后来看着我们的政策宽大，才来取走。他是个英文翻译，一身灰败之气的青年人。可见那时，读这种书的人是很多的。

读书的风气，究竟是社会风气的一个方面。是互为影响，互为作用的。夸大了不好，缩小了也不好。解放初期，思想领域，正气占上风，有绝对优势。有免疫功能。那位工人作家是在这种环境中成为作家，走上文学道路的。时代对他有制约，有局限。时代能引导青年，这是不能怀疑的。

一九八五年十月十八日下午

谈照相

自从五十年代，患病以后，我就很少照相，每逢照相，我总感到紧张，头也有些摇动。这都是摄影家的大忌。他们见到我那不高兴的样儿，总是说：

“你乐一乐！”

然而我乐不上来，有时是一脸苦笑，引得摄影家更不高兴了，甚至有的说：

“你这样，我没法给你照！”

“那就不要照了。”我高兴地离开座位。不欢而散。

当然，有的摄影家，也能体谅下情。他们不摆弄我，也不强求我笑，只是拿着机子，在一边等着，看到我从容的时候，就按一下。因此，这几年还是照了几张不错的照片。其中有毕东、张朝玺、于家祯的作品。

今年，来找我照相的，忽然多起来，比要我写稿的人还多。我心里是明白的，我老了，有今年没明年的，与朋友们合个影，留个纪念，是我应尽的义务。所以，凡是来照的，不管认识与否，年长年幼，我总是不惜色相，使人家满意而去。

但还是乐不上来。虽然乐不上来，也常常想：为人要识抬举，要通情达理。快死了，弄到这样，算是不错了。那些年，避之唯恐不及，还有人来给你照相，和你合影？

当然也不是一张没照过。有一次批斗大会，被斗者站立一排，都低头弯腰，我因为有病，被允许低头坐在地上。不知谁出的主意，把摄影记者叫了来，要给我们摄影留念。立着的还好办，到我面前，我想要坏。还好，摄影记者把机子放在地上，镜头朝上，一次完成任务。第二天见报，当然是造反小报,我的形象还很清楚。

一九五二年吧,中国作家协会召开大会。临结束那一天,通知到中南海照相。我虽然不愿在人多的场合照相,但这是不能不去的。记得穿过几个过道,到了一个空场。凳子都摆好了,我照例往后面跑。忽然有人喊:

“理事坐前面!”

我是个理事,只好回到前面坐下,旁边是田间同志。这时,有几位中央首长,已经说笑着来到面前,和一些作家打招呼。我因为谁也不认识,就低头坐在那里。忽然听到鼓起掌来,毛主席穿着黄色大衣,单独出来,却不奔我们这里,一直缓步向前走。走到一定的地方,一转身,正面对我们。人们鼓掌更热烈了。

我也没看清毛主席怎样落座,距离多远。只听田间小声说:

“你怎么一动也不动?”

我那时,真是紧张到了屏息呼吸,不敢仰视的地步。

人们安静下来,能转动的大照相机也摆布好了。天不作美,忽然飘起雪花来,相虽然照了,第二天却未能见报,大概没有照好吧。

一生只有这样一次机会,也没能弄到一张值得纪念的照片。

倒霉的照片能见报,光彩的照片不能见报。在照相一事上,历史总是和我开玩笑。

照相虽是个人的写真,然也只能看作浮光掠影。后之照,我为理事,坐于前排;前之照,则为黑帮,也坐于前排。都已经是过去的事了。

我青年时期的照片,经过战乱,都找不到了,亲朋故旧,都无存者。我很想得到一张那时的照片。那时的表情,一定是高兴的,有笑容的。

一九八六年四月四日,清明前一天

照相续谈

他们给我照相的时候,总是提议我拿起一本书,好像我时时刻刻都在学习。有的人,还叫我拿着一支香烟,好像这样更能表示我是个有灵感的人,时间长了,凡是来了有这种爱好的摄影家,我总是自动摆出这样的姿势,以致摄影家非常高兴,认为我是个很有经验的,懂得摄影艺术的行家里手。

近几年来,各种文艺刊物上,都大登作者的照片,全国性的刊物,有全国性的规格,地方性的刊物,有地方性的规格。有时干脆就把作者的照片,登在他的作品的前面,使你既能读到他的文章,又能领略作者的风采。一举两得,图文并茂。这些作者,多半是执卷攻读,或奋笔写作,手里拿着一支香烟,身后放着一个或几个书架。

我模仿着这种姿势,适应着时代的认识结构。

有的刊物向我索用照片。好的照片,我是吝于寄出的。常寄一些我不喜欢的照片给他们。因为原照总是收不回来。这种办法,当然不太好,正像我外出旅行时,不愿穿像样的衣服一样。

因为别无所求,在刊物露过几次以后,我就不想再干这种事儿了。我觉得这有点像做广告。

青年时,在大城市的照相馆门前,常常见到督军、巡阅使的大幅照片,后来又常常见到名伶、明星的大幅照片。这些照片,说是宣传个人也可,说是代照相馆做宣传也可。

刊物如果同时安排几个作者的照片,是颇费心机的。谁高谁低,谁大谁小,谁前谁后,是有讲究的。在这一期,某人的官职高些,照片放得也就高些。下一期,此人官衔没有了,马上就会落了下来。

过去,在文艺界,是没有这么多讲究的。前些日子,我见到人权保障同盟的一张旧照片,宋庆龄、蔡元培、鲁迅、胡愈之,随便在那里一站就行了,很自然。

现在,如果是在名山胜地举行笔会,一群作家室外合影,就得有一个有政治头脑的人,认真安排一下。一般官衔高而得奖重者居中。主办单位的负责人,如出版社长、刊物主编次之。其中奖又分大奖、全国奖、地方奖。刊物有名牌不名牌之分。当我与人合影时,总怕站错了位置。僭越固然不好,充当站立两厢的角色又有些不甘。临阵非常局促。好在我不大出去,在自己庭院或自己房间里照,就随便得多,即使几个青年朋友,把我拥在上座,也就居之不疑了。

读了一部好作品,心里喜欢、仰慕,就想看看作家是个什么样儿,这是人之常情。古代没有照相,插图本的文学史上,却有很多作家的画像。屈原因为写过《天问》,所以披发昂首;司马迁因为遭过宫刑,所以没有胡须。谁也不会相信,当年的屈原、司马迁,就一定是这个容貌。但有一个像,总比没有好一些,读者心里总算有个影儿了。所以曹雪芹的一张假画像,还有人在那里争论不休。

感谢湖南人民出版社，送我一本《托尔斯泰文学书简》,这是一本很好的读物。其中有高尔基和托翁的通信。

高尔基在一封信中写道：

> 如果您有给别人照片的习惯的话，那就请您给我一张吧。我恳求您送给我一张。

托尔斯泰送给他一张签名的照片。并在一封信中写道：

> 阿克萨克夫讲过：有些人比自己的书好些(他说的是聪明些),也有些人比较差些。我喜欢您的创作，而我认为您比您的创作更好些。

这不是托尔斯泰只看了高尔基的照片，而是认真研究了高尔基的作品,并与他会面以后,作出的判断。

一九八六年四月十三日晚

谈笔记小说

中国的所谓笔记小说,由来已久,汉晋已有,就是先秦经籍中,也有类似的断片。至唐、宋而大兴,推演至明清,这种书籍,可以说是浩如烟海,杂列并陈,在中国文化遗产中,占有很大的部分。在寒斋的藏书中,也占很大的比重,几几乎有三分之一。

这原因是,我学习小说写作,初以为笔记小说,与这一学问有关。后来才知道,虽然历代相沿这样一个题目,其实是两回事:笔记是笔记,小说是小说,不能混为一谈。就是合编在一本书里,也应有所区别。古时,把这种文章是称为笔记的,如《西京杂记》、《太平广记》,后人才加上小说二字。再后又有人汇刊为《小说大观》、《说郛》、《类说》、《稗海》等书,就以为其中都是小说了。古时既以街谈巷议为小说,因此类似街谈巷议的笔记,也定为小说,自无不可。

但从此笔记和小说含义也就混同起来了。笔记小说的含义,和后来小说的含义,有很大不同。

我们按照今天小说的含义,去分析古代的笔记小说,其中大部分是笔记,但也有一小部分,可以称为小说。例如《西京杂记》、《酉阳杂俎》这些古书,里面就包含一部分小说。

中国小说史,把《世说新语》列为小说。因为这部书主要记的是人物的言行,有所剪裁、取舍,也有所渲染、抑扬。而且文采斐然,语言生动,意境玄远。至于后来这一体系的书,如《续世说》、《今世说》、《新世说》、《唐语林》、《何氏语林》等,因既无创造,亦无文采,就只能称之为笔记,不能再称为小说了。

亦有虽标笔记之名,而实为小说者。如纪昀之《阅微草堂笔记》。乍看也可算是笔记,然所记中,既有作者的主观寓意,又多想象描写,文采副之,实是文学作品,不是零碎材料。流风所至,清朝末年产生了一批仍以笔记相称,而实际已脱离笔记轨道的小说,如《淞隐漫录》等。其中上乘者少,下乘者多,内容与形式,都流于肤浅无聊。

所以,今天中华书局等出版部门,整理这类书籍,都已经正其名曰"笔记",如唐宋笔记、明清笔记,不再称"小说”。

笔记主要是记载一朝一代的军国大事，朝政得失，典章文物。或是记述一代人物的思想言行。其目的都标榜是为补正史之不足，或是以世道人心为念，记述前事，作为借鉴，教育后人。文字都是简短的，每条自成起讫。

我的唐人笔记，有十几种。宋人笔记有数十种。宋人的笔记，流传下来的这样多，是因为印刷术的进步。也因为有很长时期，国家太平无事。

这些书，有些是过去商务编印的丛书集成的另种，有些是涵芬楼校印的线装宋元笔记，有些是近年古籍出版社和中华书局的新印本。元、明、清的笔记，也有几十种。其中石印本的清人笔记，多已送人。但重要的著作，近年新整理的本子，还有不少。还有一些木版的笔记，大都是过去木版丛书的另种。其中知不足斋丛书另本最多。

既然购置了如许多的笔记，当然也看过一部分。我的印象是：唐人的笔记，多系名家作品，文笔好，内容也扎实，有意义，最可读。宋人的笔记，多出自名公臣卿，内容也充实，有史料价值。但有些已经杂乱起来，因此有高下之分。要之如司马光之《涑水纪闻》，欧阳修之《归田录》，识见，文笔，取材，都高人一等。因为这些大人物既能见闻大事，所记能存真，又有修养，对材料能取舍，有判断。不像后来明、清的一些笔记，以山野草茅，妄谈朝堂宫苑之事，辗转传闻，致有千里之失。笔记也像其他著作一样，越古老越可观，因所记材料宝贵也。明清笔记虽多，没有经过时间的淘汰，还处在一种糠米不分的状态。

有笔记式的小说，有小说式的笔记。如《夷坚志》，笔记式的小说也。如《东轩笔录》，则有很多条目，是小说式的笔记。

笔记以记载史实，一代文献典故为主，如宋之《东斋记事》、《国老谈苑》、《渑水燕谈录》，所记史料翔实，为人称道。如《梦溪笔谈》、《容斋随笔》，则以科学研究学术成绩，及作者之见解修养为人重视。

笔记，常常也有所谓秘本、抄本的新发见，然不一定都有多大价值。有价值之书，按一般规律，应该早有刊刻，已经广为流传，虽遭禁止，亦不能遏其通行。迟迟无刻本，只有抄本，自有其行之不远的原因。我向来对什么秘籍、孤本、抄本，兴趣不大。过去涵芬楼陆续印行之秘籍，实无多少佳作。

有的笔记，名声赫赫，印刷亦精，但也不一定就证明其杰出。如清之《两般秋雨盦随笔》，各种印本，一再发行，只为其文字浅近，内容亦为浅识者所喜而已。亦有虽系名家所记，然内容杂乱无章，比较零碎，如《随园随笔》。

元明笔记，就其内容规模而言，仍以《南村辍耕录》及《万历野获编》为佳。

笔记以内容真实客观，作者态度端正为主。文胜于质，不如质胜于文。金刘祁《归潜志》中，载《录崔立碑事》一则，对自己参与为叛将撰写碑记，详叙经过，自我反省。人以为诚信，推重其著作，所记史实，多为正史所收取。宋蔡絛《铁围山丛谈》，多文过饰非之作，正与其处世为人同。然此等书，不可因人废言，认真察看，亦有可取之处。

清代的笔记虽然多，我认真地即是通篇读过的，有《啸亭杂录》、《永宪录》、《郎潜纪闻》等。《郎潜纪闻》共"三笔"，作者陈康祺。文字流畅，叙述亦生动，能读下去。但在第一部，发见两处墨笔眉批。一处记作者经历，眉批曰："毫不知耻，抑何厚颜！"一处记他人事迹，眉批曰："阁下愧此多矣，何仍作欺人语耶？"这恐怕是同时代人阅读时批注的，愤愤之情，溢于言表。当然不能根据两处眉批，就否定这部书的价值，但也不能怀疑，这种看来深知作者底细，推敲文字并揭疮疤的人,是出于“嫉妒”或是报复。总之,著述要修辞立诚,立身尤其要谨慎端正。

以上所谈,当然都是古道,会被时髦文士,看作四旧陈言。时髦文士,专攻时文,闻鸡起舞,举一反三。他们在“四人帮”时代,初露角刺,已经写下不少造遥生事,伤天害理的文章。有人至今秉性不改,仍以善观风向气色自居。对过去文字,不只无刘祁的良心发见,悔恨之辞,别人偶有触发,仍惯于结帮连伙,加以反噬。不怕云山罩,就怕老乡亲。难得有知其老底之人,将其前前后后文字,汇编成册,批注点明。如此一来,或将使其通体虚伪善变之情状,暴露于读者眼前。

一九八四年九月二十一日下午

谈读书记

在古时，读书记，或藏书题跋，都属于目录学。目录之学，汉刘歆始著《七略》，至荀勖分为四部。唐以后把书籍分为经史子集，藏于四库。这样的分类法，一直相沿到清代。无论公私藏书，著录之时，都对书籍的内容，作者的身世，加以简单介绍，题于卷首或书尾，这就是所谓提要、题跋。把此等文字，辑为一书，就是我们现在谈的读书记了。

我所收藏的读书记，最早的是宋晁公武的《郡斋读书志》(四部丛刊本)和宋陈振孙的《直斋书录解题》(武英殿聚珍版翻刻本)。这两部书，是读书记这类书的鼻祖。其中晁志，所记尤为详赡。因时代接近，记录的宋人著作，很是齐备，对作者的介绍，也翔实可信。有很多书，后来失传，赖此志得窥其梗概。后代藏书家，都很重视此书。

晁氏有些论述，也很有见地。如论文集之丛杂，他在集部引言中说：

> 昔屈原作离骚，虽诡谲不概诸圣，而英辩藻思，瑰丽演迤，发于忠正，蔚然为百代词章之祖。众士慕响，波属云委，自时厥后，缀文者接踵于斯矣。然轨辙不同，机杼亦异，各名一家之言。学者欲矜式焉，故别而聚之，命之为集。盖其原起于东京，而极于有唐，至七百余家。当晋之时，挚虞已患其凌杂难观。尝自诗赋以下，汇分之曰：《文章流别》。后世祖述之，而为总集，萧统所选是也。至唐亦且七十五家，呜呼盛矣！虽然，贱生于无所用，或其传不能广，值水火兵寇之厄，因而散落者十八九。亦有长编巨轴，幸而得存，其属目者几希。此无他，凡以其虚辞滥说，徒为美观而已，无益于用故也。

我不厌其烦地抄了这样一大段书，是因为其中说明了著书立说方面的一些规律。第一、历代作家的文集是很多的。至唐已有七百家，总集已有七十五种。第二、流传下来的却很少。第三、不能流传的原因，主要是虚辞滥说，无益于用。

这里的有用无用，当然不只是像他说的，能否“扶持世教”。晁氏生于宋朝，受理学家的影响，所以这样强调。集子能否流传，主要看它的社会功能。这种功能包括：作者的才智；说理的能辩；文字的美学感染；著作的真诚等等。哲学著作，以才智道理取胜；历史著作，以材料真实取胜；文学创作，以美的陶冶取胜。

作家结集自己作品，都是自信的，都以为自己的作品，已经具备这种功能，可以传之久远。在当时，即使多么无情的批评家，也不会预言这种文集不能传世，阻止他出版。作品能否流传，常常是不能预见的。只有在历史的江河中，自然淘汰。自然的冲刷淘洗，能使当时大显者，变为泥沙；也可以使当时隐晦者，变为明玉。更多的机会是，使质佳者更精粹，使质劣者早消亡。

既然如此，晁氏之所谓“自警”，就很难做到了。人之好名，是一种自然生态。尝见出土的古墓壁画或砖石上，刻有匠人名字。难道他当时不知道，他的作品要永埋地下，曾经想到，有朝一日，会被发掘，重见天日吗？这是创作冲动的满足。劳者歌其事，在自己的劳作成果上，缀上自己的名字，是一种原始现象。儿童就是这样，可以说是生而知之。

在论述传记的写法时，晁氏的见解，也很好。在传记类《韩魏公家传》条内，他说：

> 右皇朝韩忠彦撰，录其父琦平生行事。近世著史者，喜采小说，以为异闻逸事。如李繁录泌，崔胤记其父慎由事，悉凿空妄言。前世谓此等，无异庄周鲋鱼之辞，贾生服鸟之对者也。而唐书皆取之，以乱正史。由是近世多有家传、语录之类，行于世。陈莹中所以发愤而著书，谓魏公名德，在人耳目如此。岂假门生子侄之间，区区自列乎！持史笔其慎焉。

这一段话里的，“庄周鲋鱼之辞，贾生服鸟之对”两句，颇可玩味。这是说，人物传记，不同于故事，更不同于寓言。古人撰写人物传记，不满足于只用那些干枯的官方资料，愿意添进一些生动活泼的记述，乃参考一些野史、家乘，这是无可厚非的。司马迁的人物传记，那样生龙活现，读起来比文学作品还有兴味，就是因为他不只依据官方文献，还寻访了很多地方资料，口碑传说。后来司马光撰写《资治通鉴》，欧阳修撰写《新五代史》，都采用了许多私人的著述，增加了传记的生动性。

但运用这些材料，需要特有的观察、判断、取舍的能力。

历史作品，有时可以当作文学，但文学作品，却不能当作历史。历史注重的是真实，任何夸张、传闻不经之言，对它都会是损害。历史、事实，天然地联结在一起，把历史写得真实可靠，是天经地义的事。当然做起来并不是那么简单。历史，是天地间最复杂的现象。它比自然现象，难以观察，难以掌握得多。它的综错复杂，回曲反复，若隐若现，似有实无，常常在执笔为史者面前，成为难以捉摸，难以窥测的幻境。

撰述历史，时代近了，则有诸多干扰，包括政治的，人事的，名誉的，利害的。时代远了，人事的干扰，虽然减少，则又有了传闻失实，情节失落，虚者实，而实者虚，文献不足征，碑传不可信的种种困难。如果是写人物传记，以上情况就更明显，就更严重。

只根据实录、谱牒、碑碣去写历史，这是传统的做法，也是保守的做法。但开放的写法，即广采传闻野史的写法，也带来了另一种毛病，即晁氏指出的“故事化”或“寓言化”。

特别是人物传记，用开放的写法，固然材料会多一些，事件会生动一些。但材料如果是从亲属得来，其中就有感情问题；如从友朋得来，其中就有爱憎问题。况人之一生，变幻无常，虽取决于本身，亦受制于社会。是非难以遽定，曲直各有其说。盖棺论定，只能得其大概，历史评价，又恐时有反复。要把一个人物的传记写好，确不是容易的事情。

传记一体，与其繁而不实，不如质而有据。历史作品要避免文艺化。现在，有很多老同志，在那里写回忆录。有些人多年不执笔，写起来有时文采差一些，常常希望有人给润色润色，或是请别人代写。遇到能分别历史和文艺的人手还好，遇到把文学历史合而为一的人，就很麻烦。他总嫌原有的材料不生动，不感人，于是添油加醋，或添枝加叶，或节外生枝，或无中生有，这样就成了既非历史，也非文学的东西。而有的出版社编辑，也鼓励作者这样去做。遇到文中有男女授受的地方，就叫他发展一下，成为一个恋爱的情节。遇有盗窃丢失的地方，就建议演义成一个侦探案件。遇有路途相遇，打抱不平的地方，自然就要来一场“功夫”了。

现在有一种“传记小说”的说法，这真是不只在实践上，而且要在理论上，把历史和文学混为一谈了。这种写法和主张，正如有人主张报告文学，允许想象和虚构一样，已经常常引起读者，甚至当事人或其家属的不满。因为凡是稍知廉耻，稍有识见的人，谁也不愿意在自己身上，添加一些没踪没影的事迹的。

当然，野心家是例外的。从历史上，特别是“四人帮”时期，我们可以看到，野心家分为两种。一种是受别人吹捧，坐在轿子里的；一种是抬轿子，吹捧别人的。他为什么鼓吹得那么起劲，调门提得那样高，像发高烧，满口昏话？这是有利可图，可以得到好处的。弄好了，他可以从抬轿子，变成坐轿子，又有一帮人起哄似的吹捧他了。

元明两朝人，不认真读书，没有像样的读书记。到了清朝，重考证，这类的书就多起来，除很多已成为专门学术著作，如《读书杂志》、《十七史商榷》等书外，标以读书记名目的就不少。《何义门读书记》，寒舍不存；《东塾读书记》，存而未详读之。我最感兴趣的是黄丕烈的《士礼居藏书题跋记》。黄是藏书家，以藏有百种宋版书而著名。他所藏书，也远远不限于宋本。他对书有一种特殊的感情，好像接触的不是书，而是红颜少女。一见钟情，朝暮思之，百般抚爱，如醉如痴。偶一失去，心伤魂断，沉迷忘返，毕其一生。给人一种变态的感觉。这种感情，前代不能有，后代也不能有，只有他那样的时代，他那样的生活，既不能飞黄腾达，又不甘默默无闻,才会有这样的心境,和这样的举动。

他的藏书记,被后人一再辑印。我有三集,前二集是上海医学书局影印,后一集是木版蓝色印本。同样是藏书家,陆心源的《仪顾堂题跋》,读起来就干燥无味。

其次是李慈铭的《越缦堂读书记》,他的读书记,散见在他的日记中,由云龙辑录出来,商务印书馆出版,白文没有标点,也未详细分类。有一年,我在北京国子监买了一部,纸张很好,共四册。后经中华书局整理、分类、标点,重新出版。

他读书仔细认真,读的书也广泛,非只限于经史,杂书很多。但对像《红楼梦》这样的书,还是有些不好意思,总是说病了闷了才拿出来看看。并说,这部书是托名贾宝玉的那个人,自己写了家世,其他社会风物,则是别人代为完成。这真是奇怪的说法,可备红学家参考。

和他的读书记类似的,有周中孚的《郑堂读书记》,舍间所藏,为万有文库本,此人读书也多也杂,也很认真,我通读一遍。此外,有《鲁岩所学集》,也是读书记,较通俗易读,我有的是木刻本。我另有叶德辉的《郎园读书志》、邓之诚的《桑园读书志》等。

一九八四年十月十五日晨改讫

《金瓶梅》杂说

从青年时起,《金瓶梅》这部小说,也浏览过几次了,但每次都没有正经读下去。老实说,我青年时,对这部小说,有一种矛盾心理:又想看又不愿意看。常常是匆匆忙忙翻一阵,就放下了。稍后,从事文学工作,我发见,从文字爱好上说,这部书并不是首选,首选是《红楼梦》。我还常常比较这两部书,定论:此书风格远不及《红楼梦》。

今年夏季,人民文学出版社印行了《金瓶梅》的删节本。说它是删节本,就是区别于过去所谓的"洁本"。我过去读到的洁本,是郑振铎主编的《世界文库》上连载的,虽未读完,但记得是删得很干净的。人文此本,删得不干净,个别字句不删,事前事后感情酝酿及余波也不删。这样就保存了较多的文字。对研究者有利,但研究者还是需要读全文。究竟哪一种删法好,不在这篇文章研究之例,不多谈。

想说的是，我已是老年，高价买了这部书，文字清楚，校对也比较精细，又有标点，很想按部就班，认真地读一遍。这倒不是出于老有少心，追求什么性感上的刺激；相反，是想在历尽沧桑之后，红尘意远之时，能够比较冷静地、客观地看一看：这部书究竟是怎样写的，写的是怎样的时代，如何的人生？到底表现了多少，表明得如何？作出一个供自己参考的、实事求是的判断。

我从来不把小说，看作是出世的书，或冷漠的书。我认为抱有出世思想的人，是不会写小说的，也不会写出好的小说。对人生抱绝对冷漠态度的人，也不能写小说，更不能写好小说。“红”如此，“金”亦如此。作家标榜出世思想，最后引导主人公去出家，得到僧道点化，都是小说家的罩眼法。实际上，他是热爱人生的，追求恩爱的。在这两点上，他可能有不满足，有缺陷，抱遗憾，有怨恨，但绝不是对人生的割弃和绝望。

自从唐代，小说这种文体，逐渐完善起来，就成为对人生进行劝惩的一种途径。在故事结构上，就常常表现一种因果。释道两家也都谈因果，在世俗中形成一种观念。但是，文学上的因果报应说，实际上是人民群众，特别是弱小者、不幸者的一种愿望。在实际生活中，往往并不如此。因为善恶的观念,有时并不稳定,有时是游离的,有时是颠倒的。这种观念受时代的影响,特别是经济、政治的影响,这种影响,随形势变化而变化。

我并不反对,有些小说标榜因果报应。因果,就是现实发展、变化的规律。事物都有它的起因和结果。起因有时似偶然,然其结果则是必然。其间迂回、曲折,或出人不意,或绝处逢生,种种变化,都是事物发展的过程。作家能真实动人地反映这一过程,使读者有同感,能信服,得警悟,这就是成功之作。起于青萍之末也好,见首不见尾也好。红极一时,灯火下楼台也好,烟消火灭,树倒猢狲散也好。虽是小说家点缀,要之不悖于真实。兴衰成败,生死荣枯,冷热趋避,人生有之,文字随之,这是毫不足奇的。小说家常常以两个极端,作为小说结构的大局布,庸俗者可成为俗套,大手笔究竟能掌握世事人生的根本规律。在写因果报应的小说中,《金瓶梅》是最杰出的,最精彩的一部。它不是简单的图解和说教,它是用现实生活的生动描绘,来完成这一主题。

历来谈《金瓶梅》者,每谓西门庆这一人物,实有所指,就是说有个真实的人做模特儿,这是可以相信的。很多著名小说中的人物,都有所依据。前人说“蔡京父子则指分宜(严嵩)”,也并非妄言。

最古老的小说,主角多是神魔,稍后是帝王、将相。唐代传奇,降而描述人生,然主人多非平民,而是奇逸之士。《金瓶梅》始转向现实,直面人生,真正的白描手法,亦自它开始。

《金瓶梅》选择了西门庆这样一个人,这样一个家族。用这个人和这个家族,联系当时社会的各个方面:朝廷、官场、市井,各行各业,各种人物。这种多方面的,复杂的人物和场景,是小说创作的一种新局面,也是这一书开创起来的。

《金瓶梅》运用了写实的手法,或者说是自然主义的手法,描写不避繁琐。采用日常用语,民间谚语,甚至地方土话,来表现人物的性格,色彩和气氛,也是它的创造。

这部小说保留的民间谚语,比任何小说都多,都精彩,它有时还用词曲韵语,直接代替人物的对话,或对事物的描写。

作者选择一个暴发户,作为小说的主人,是和时代有关的。通过这样的人物,表明明代中季社会的面貌和内涵,最为方便。外国小说,有只写一个普通农民,普通工人的,并不要求人物社会地位的显赫。中国小说的传统,则重视主要人物的社会地位及其联系面。用广泛的接触，突出时代的特性。《红楼梦》写的是八旗贵族，这是清初的时代特征。《金瓶梅》写的是山东清河县内，一个暴发户的生活史。每个封建王朝，都会产生一大批暴发户。元朝蒙古入侵，明朝朱元璋定统，都产生了自己的暴发户。暴发户不只与当时经济制度有关，而更重要的，是必须投当代政治之机，与政治制度有关。它用市井生活作背景，这是明中叶社会生活的缩影。

曹雪芹是八旗子弟。《金瓶梅》的作者，则属于下层。然其文化修养，艺术素质，观察能力，表现手段，都不同凡响，虽尚未考证出作者确实姓氏，但他一定是个大手笔。他是混迹于市井生活的人，不是什么显贵。对当时政治的黑暗，看得很清楚。他对这一社会，充满憎恶之情，但写来不露声色，非常从容。他也受当时社会风气的影响，所以写了那么多露骨的淫亵文字。他力图全面表现这一社会，其目的当然不会是单纯的泄愤或报复。他是锐意创新的，他想用这种白描式的社会人情小说，一新读者的耳目，并引导读者面对人生现实。他的功绩不只在于他创造了这部空前形态的小说，而在于他的作品孕育了一部更伟大的《红楼梦》。

不仔细阅读《金瓶梅》，不会知道《红楼梦》受它影响之深。说《红楼梦》脱胎于它，甚至说，没有《金瓶梅》，就不会有《红楼梦》，一点也不为过分。任何文学现象，都是在前人的基础上产生的，任何天才的作家，都必须对历史有所借鉴。善于吸收者，得到发展，止于剽掠者，沦为文盗。

《金瓶梅》所写的生活场景，例如家庭矛盾，婚丧势派，妇女口舌，宴会游艺，园亭观赏，诗词歌曲，无不明显地在《红楼梦》中找到影子。当然《红楼梦》作者的创作立意，艺术修养境界更高，所写，有其独特的色彩，表现，有其独特的个性，在多方面，都凌驾于《金瓶梅》之上，但并不能掩盖它的光辉。

任何艺术，比较其异同，是困难的，也是蹩脚的。在艺术上，不会有相同的东西，这是艺术的创造性所确定的。但是，我在读“金”的过程中，常常想到“红”，企图作一些比较，简列如下：

一、“金”的写法，更接近于宋元话本，它基本是用的讲述形式，其语言是诉诸“听”的，它那样多地引用了唱词曲本，书也标明词话，也从这里出发。

二、“红”的写法，虽也沿用宋以来白话小说的传统，特别是“金”的语言的传统，但它基本上是写给人看的，是诉诸视觉的。它的语言,不再那样详细繁琐,注意了含蓄,给人以想象和回味。

三、“红”语言的这种特点,是源于作者的创作立场和主观情感。“红”的作者,写作的目的,是感伤自己的身世,追忆过去的荣华。在写作中, 他的心时时刻刻是跳动的,是热的,无论是痛哭,或是欢乐。

而“金”的作者,所写的是社会,是世态,是客观。“金”的作者对于他所描绘的世态也好,人情也好,都持一种冷眼观世的态度。这些描述, 在他的笔下虽是那样详细无遗,毛发毕现,总给人一种极端冷静的感觉,嘲讽的味道。这一特点,当然也表现在它的语言上。

四、“金”的写法,更接近于自然主义,作者主观的感情色彩,较之“红”,是少得多了。对于世态人情,它企图一览无余地,倾倒给读者:“你们看看,世界就是这个样子! ”那些猥亵场面,也是在作者这样心情下,扔出来的。而“红”的作者对他所描写的东西, 都精心筛选过, 在艺术要求上,作过严格的衡量。即使写到男女私情,也作了高明的艺术处理,虽自称为“意淫”,然较之“金”,就上乘得多了。

我不知道自己是不是有道学家的思想。最近看了一本马叙伦的《石屋余沈》,他在谈到淫秽小说《绿野仙踪》时说:“即中年人亦岂可阅!不知作者何心。”他是教育家,他的话是可以相信的。这些淫秽文字,在“金”的身上无疑也是赘瘤。

五、因此,虽都是现实主义的艺术珍品,就其艺术境界来说,“红”落脚处较高,名列于上,是当之无愧的。

西门庆是个暴发户,他的信条,也是一切暴发户的生财之道:“要得富,险上做。”他除去谋求官职,结交权贵(太使、巡按、御史、状元),也结交各类帮闲、流氓打手,作为爪牙。他还有专用的秀才,为他歌功颂德,树碑立传。他开设当铺、绸缎铺、生药铺,这都是当时最能获利的生意。他放官债,卖官盐,官私勾结,牟取暴利。他夺取别人家的妻妾,同时也是为了夺取人家的财货。娶李瓶儿得了一大笔财产,取孟玉楼,又得了一大批财产。这是一个路子很广,手眼很大,图财害命,心毒手狠的大恶棍、大流氓,是那个时代的产物。这无疑是当时社会上,最惹人注意的形象,因此,也就是时代的典型形象。

书中说:“火到猪头烂,钱到公事办。”西门庆,贪得无厌,贪赃枉法,一旦败露,他会上通东京太师府,用行贿的办法,去求人情。他行贿是很舍得花钱的,因此收效也很大。行贿的办法是,先买通其家人,结交其子弟。本书四十

七、四十八两回，写西门庆行贿消祸，手法之高，收效之速，真使人惊心动魄。

这种人依仗权势、财物、心计、阴谋，横行天下。受害的，当然还是老百姓。活生生的人口，也作为他们的货物，随意出纳，有专门的媒婆，经纪其事。一个丫头的身价，只有几两银子或十几两银子。社会风气，也随之败坏，他们虐辱妇女：用马鞭子抽打，剪头发，烧身子。书中所记淫器，即有六七种之多。《金瓶梅》是研究中国妇女生活史的重要资料库。

说媒的，算卦的，开设妓院的，傍虎吃食的，各色人物，作者都有精细周到的描述。对下层社会的熟悉和对各行各业的知识，以及深刻透彻的描写，很多地方，非《红楼梦》作者所能措手。

《金瓶梅》的结构是完整的，小说的进行，虽时有缓滞繁琐，但总的节奏是协调的。故事情节，前后有起伏，有照应，有交代。作者用心很细。艺术功力很深。曹雪芹没有完成自己的著作，不能使人了解其完整的构思。《金瓶梅》的作者，写完了自己的小说，使人了然于他的设想。他写了这一暴发户从兴起到灭亡的急骤过程。

作者深刻地写出了，这种暴发户，财产和势派，来之易，去之亦易；来之不义，去之亦无情的种种场面。写得很自然，如水落石出，是历来小说中很少见到的。他用二十回的篇幅，写了这一户人家衰败以后的景象。这一景象，比起《红楼梦》的后四十回，触目惊心得多，是这部小说的最精彩、最有功力的部分。

鲁迅的小说史和郑振铎的文学史，都很推崇这部小说，郑并且说它超过了水浒、西游。鲁迅称赞之词为：

> 作者之于世情，盖诚极洞达，凡所形容，或条畅，或曲折，或刻露而尽相，或幽伏而含讥，或一时并写两面。使之相形，变幻之情，随在显见，同时说部，无以上之。

此为定论，万世不刊也。文学工作者，应多从此处着眼，领略其妙处，方能在学习上受益。如果只注意那些色情地方，就有负于这次出版的美意了。印删节本，是一大功德。此书历代列为禁书，并非都是出于道学思想。那些文字，确不利于读者，是道地的伐性之斧，而且不限于青年人。很多人喊叫，争取看全文，是出于好奇心理。

此书最后，虽以《普静师荐拔群冤》收场，然作者对于僧道一行,深恶痛绝,书中多处对他们进行淋漓尽致的揭露,抒发了对这些只会念经,不事生产的特种流氓、蛀虫的痛恨和嘲笑。甚至发出这样的感叹:“何人留下禅空话,留取尼僧化稻粮。”又说:“若使此辈成佛道,西天依旧黑漫漫!”几百年后,诵读之下,仍为之一快。

中国自古神道设教,以补政治之不足,日久流为形式,即愚氓亦知其虚幻。然苦于现实之残酷,仍跪拜之,以为精神寄托。所以,凡是以佛法结尾的小说,并非其真正主题,乃是作者对历史的无情,所作的无可奈何的哀叹。

《金瓶梅》的真正主题是什么呢?鲁迅说:

> 故就文辞与意象以观《金瓶梅》,则不外描写世情,尽其情伪,又缘衰世,万事不纲,爰发苦言,每极峻急,然亦时涉隐曲,猥黩者多。

这是一部末世的书,一部绝望的书,一部哀叹的书,一部暴露的书。

一九八五年八月二十六日

昨夜雨,晨四时起作此文,下午二时草讫

谈作家素质

近年来,有些人给我提问,讨论文学创作上的问题,多数是人云亦云,泛泛不切实际,引不起我的兴致,就没有回答。我觉得你是个认真读书和认真思考问题的人,如果我不谈谈,对你所提问题的看法,是会辜负你的良好用心的。但是,我很久不研究这些问题了,谈不出什么新的东西,恐怕使你失望。

一

先谈些与作家素质有密切关系的文学现象:

人物,或者说是人物形象,无论怎样说,在小说中是很重要的,尤其是中篇、长篇。人物与故事情节,是小说区别于其他文体的两大要素。

这是就文体形式而言,如果谈创作,那就复杂得多了。

通过故事表现人物,或通过人物表现故事,作为文学,是一个创造过程。人类的创造过程,都是以他所生活的时代和环境,作为创造的对象和根源。但我们研究一部文学作品的时候,不能忽视作家主观方面的东西。即他在创造故事和人物时,注入到作品中的,他自己的愿望,他本身的血液。人物是靠作家的血液孕育和成长的。没有主观的输入,作品中的人物,是没有生命的,更谈不到丰满。

这一事实,虽为历代伟大作品所证实,但并不是每一个时代,都会有这样的作品产生,也并不是每一个懂得这种规律的作家,就可以轻而易举地完成这样的作品。

是的,在人物身上,注入作家自己的愿望,很多人都在这样尝试了,他们的作品,有的不但没有成功,反而成了概念说教的东西。这种作品,比起成功的作品,为数要多得多。

创作的复杂情况就在这里。多少年来,我们过分强调了客观的东西,(其实是强调了主观的东西。)固然对创作有不利之处,束缚了创作。但像今天,有些作家所实践的,过分强调主观的方面,(其实是强调了自然的方面。)成功的希望,反而更觉渺茫了。

近五十年来，我们的文坛，不止一次地发问：为什么没有伟大作品的产生？并不断有好心的人预期，我国历史上的伟大作家，即将在我们这一代出现。直到今天，大家仍然在盼望着。这就证明：产生不产生伟大作品，并不是一个单纯的理论问题，或认识问题。

究竟是一个什么问题，说法不一。我认为健全和提高作家素质，是一个重要的方面。从历史上看，伟大作品的产生，无不与作家素质有关。

二

时代精神，社会文明，作家素质，是能否产生伟大作品的系列关键。只有伟大的时代，并不一定就能产生伟大的作品，这也是历史不止一次证明了的。社会意识，社会风尚，对创作的影响，有决定性的意义。社会文化、道德标准的高低，常常影响作家的主观愿望，影响作家的思想、艺术素质。

文学作品中的人物形象，不只有艺术高下的分别，也有艺术风格上的区别。就是那些文学名著，其中形象虽然都可以说是写活了，很丰满，长期为读者喜爱。其形神两方面，还是有很大差异的。以中国长篇小说为例：《三国演义》里的人物，形似多于神似；《水浒传》里的几个主要人物，可以说是形神兼顾；《红楼梦》里的人物，则传神多于传形。以上是指文学上乘。如就低级小说而言，《施公案》中的人物形象，本来谈不上丰满生动，但因为有很多人喜欢公案故事，好事者把它编为剧本，搬上舞台，黄天霸这一类人物，不只有了特定的服装，而且有了特定的扮演者，遂使家喻户晓，深入人心，经久不衰，成为最大众化的形象。这就不能归功于小说的艺术，而应看作是一种民风民俗现象。但做到这样，实已不易。今之武侠作者，梦寐以求，不能得矣。

时代不同，社会变化，作家素质的差异，创作能力之不齐，欣赏水平之千差万别，形成了艺术领域的复杂纷乱的现象。曲高和寡，死后得名；流俗哄传，劣品畅销；虚假的形象，被看作时代的先知先觉；真实的描写，被说成不是现实的主流。

于是有严肃的作家，有轻薄的作家；有为艺术的作家，有为名利的作家。既为利，就又有行商坐贾，小贩叫卖。这就完全谈不到艺术了。

任何艺术，都贵神似。形似固不易，然传神为高。师自然，不如师造化。

人物形象，贵写出个性来。个性一说，甚难言矣。这不只是生物学上的问题。先天的因素和后天的因素。盖兼有之。后天主要为环境、教养和遭遇。高尔基以为要写出典型，必观察若干个类型之说，固然解决了一个大难题，然也只能作为理论上的参考。一进入创作实践，则复杂万分。例如同一职业，与生活习惯有关，与性格实无大关系。大观园中之小女孩，同为丫头，环境亦相同，而性格各异，乃与遭遇有关。

三

现在，流行一种超赶说，这些年超过了那些年。这种说法是不科学的，不符合艺术发展规律。举个不大妥切的例子：抗日时期的文学，你可以说从各方面超越了它，但它在战争中所起的作用，或大或小，都不是后来者所能超越的。没有听说过，楚辞超过了诗经，唐诗超过了楚辞。在国外，也没听说过，谁超过了荷马、但丁。每个时代，有它的高峰，后来又不断出现新的高峰。群峰并立，形成民族的文化。如以明清之峰，否定唐宋之峰，那就没有连绵的山色了。

这里说的高峰也好,低峰也好,必须都是真正的山:植根于大地之内层,以土石为体干,有草木,有水泉。不是海上仙山,空中楼阁。有的评论家常常把不是山,甚至不是小丘的文学现象,说成是高峰。而他们认为的这种高峰,不上几年,就又从文坛上销声匿迹,踪影不见了。这能说是高峰?有时在年初,无数的期刊,无数的评论都在鼓噪吹捧的发时代之先声的开创之作,到年底,那些曾经粗脖子红脸,用“就是好,就是高”的言词赞美过它的人们,在这一篇目面前,已经噤若寒蝉,不吭一声。很多人也并不以此为怪事。这是因为大家对这种现象看得太多了,已经习以为常。

现在,有很多文章,在谈名与实。其实,自古以来,名实二字,就很难统一起来,也很难分得清楚。就当前的文学现象而言,欺骗性质的广告,且不去谈它。有些报道、介绍,甚至评论文章,名不副实的东西也不少。你如果以为登在堂堂的报刊上的言词都属实,都是客观的,那就会上当。

四

要正确对待历史文化。原始文化之可贵,在于它不只是一个艺术整体，还是这个民族的艺术培基。此后出现的群峰，也逐个起着继往开来的作用。

原始文化是单纯的，没有功利观念的，不受外界干扰的。诗经以兴、观、群、怨的风格，奠定了中国文艺的基础。这个基础是可贵的，正确地揭示了文艺的本质及其作用。

唐诗是有功利的，据说诗写得好，就可以做官。唐朝的诗人，有很多确实是进士。当时的诗，也很普及。根据白居易的叙述，车船，旅舍，都有人吟诵。居民把诗写在墙壁上，帐子上，甚至有人刺在身上。在如此普及的基础上，自然会有提高，出现了那么多著名的诗人。

五十年代，我们也曾开展过一次群众性的诗歌运动。声势之大，群众之多，当非唐时所能及。但好像没有收到什么效果。原因是只有形式，没有基础。作者们的素质薄弱。

好的作品，固有待作家素质的提高，但社会的欣赏水平、趣味，也会影响作家的成长。

鲁迅说，“五四”时代的小说，都是严肃认真的。这不只是指作家对现实的认真观察，也指创作态度。那时期的小说，今天读起来，就像读那一时期的历史，能看到现实生活，人民的思想状态，感情表现。一九二七年以后的小说，在现实的反映上,主观的东西增多了。但作者们革命的心情,是炽热的。公式概念的作品也多了,但作者们的用心,还是为了民族,为了大众的。解放区的小说,基本上接受的是“左联”的传统,但在深入生活、接近群众、语言通俗方面,均有开拓。

研究或评价一个时期的文学,要了解这一时期作家的素质。除去精读这一时期的作品以外,还要研究这一时期的历史,它的社会情况,它的政治情况,即作家的处境。脱离这些,空谈成就大小,优胜劣败,繁荣不繁荣,是没有多少根据的。这只能说是表面文章。从这类文章中,看不出时代对作家的影响,也看不出作家对时代的影响。特别是看不到这一时期的文学,与前一时期文学的关系及其对后来文学发展的影响。

五

小说成功与否,固然与故事人物有关,但绝不止此。除去文字语言的造诣,还有作家的人生思想,心地感情。这种差别,在文学中,正如在社会上一样,是很悬殊的。培养高尚的情操,是创作的第一步。

社会风气不会不影响到作家。我们的作家,也不都是洁身自好,或坐怀不乱的人。金钱、美女、地位、名声,既然在历史上打动了那么多英雄豪杰,能倾城倾国,到了八十年代,不会突然失去本身的效用。何况有些人,用本身的行为证明,也并不是用特殊材料铸造而成。

革命年代,作家们奔赴一个方向,走的是一条路,这条路可能狭窄一些。现在是和平环境,路是宽广的,旁支也很多,自由选择的机会也多,这就要自己警惕,自己注意。

一些人对艺术的要求,既是那么低,一些评论家又在那里胡言乱语,作家的头脑,应该冷静下来。抵制住侵蚀诱惑,并不是那么容易的事,尤其是青年人。有那么多的人,给那么低级庸俗的作品鼓掌,随之而来的是名利兼收,你能无动于衷?说句良心话,如果我正处青春年少,说不定也会来两部言情或传奇小说,以广招徕,把自己的居室陈设现代化一番。

有的人,过去写过一些严肃的现实之作。现在,还可以沿着这条路,继续写一些。也可以不写,以维持过去的形象。但也有人,禁不起花花世界的引诱,半老徐娘,还仿效红装少女,去弄些花里胡哨的东西,迎合时尚,大可不必矣。

虽然现在已经有不少人,不愿再提文学对于人生,有教育、提高的意义,甚至有人不承认文学有感动、陶冶的作用。但是,我们也不能承认,文学只是讨好或迎合一部分人的工具。文学不要讨好青年人,也不要讨好老年人,也不要讨好外国人。所谓讨好,就是取媚,就是迎合迁就那些人的低级庸俗趣味。文学应该是面对整个人生,对时代负责的。目前一些文学作品,好像成了关系网上蛛丝,作家讨好评论家,评论家讨好作家。大家围绕着,追逐着,互相恭维着。也不知究竟是为了什么,到底要弄出个什么名堂来。谁也看不出,谁也说不准。还是让我们老老实实地,用一砖一石,共同铺建一条通往更高人生意义的台阶,不要再挖掘使人沉沦的陷阱吧。

作家素质,包括个人经历,教育修养,艺术师承各方面。社会风气的败坏,从根本上说,是十年动乱的后遗症。对症下药,应从国民教育着手,道德法制的教育,也是很重要的。其次是评论家的素质,也要改善。因为评论的素质,可以影响作家的素质。苏东坡说,扬雄以艰深之辞,传浅近之理。近有不少评论文章,用的就是扬雄法术。他们编造字眼,组成混乱不通的文字,去唬那些没有文化修养的人,去蛊惑那些文化修养不深的作家。这种评论,表面高深奥博,实际空空如也,并不能解决创作上的任何实际问题,也不能解释文学上的任何现象。理论自是理论,创作自是创作,各不相干。是一种退化了的文学玄学。

总之,如何提高作家素质,这是个非常复杂的问题,非一朝一日之功,所能奏效的。

一九八六年一月三十一日

文林谈屑

一

前不久,见到一家报纸,登了启事。大意是说,他们的报纸,是作协的机关刊物,领有该处主管部门的出版许可证,却被某省邮局,列入非法小报,予以没收,为此提出抗议。看后哑然失笑。因为这家理论刊物,理论登得不多,却接连不断登载“通俗小说”,这些小说给我的印象,并不大好。邮局扣留,也算是事出有因吧。

作协办的,有许可证的,也不一定就都是“大报”。

二

有的文学刊物,改名不到一年,又要改换名称了。去年，刊物换名之风甚盛，一般是换为“某某小说”或“小说某某”。那时小说的销路好些。有的刊物初改名，销路确是上去了千把份，但不到几期，就又掉回原数。如质量不提高，改头换面，究竟不是长远办法。而改来改去，尤其不像话，有失体面。什么买卖，也得讲究货真价实，只换门脸招牌，解决不了问题。

三

据说，在“通俗小说”中，“公安小说”，销路一直不错。有几家这样的刊物，生意兴隆，主办的人，也兴致勃勃。这种小说，古时称作公案小说，外国叫做侦探小说。当前有的叫案例小说，侦破小说，法制小说，其中都有犯罪行为，而以桃色案件为多。

有一家这样的刊物，约我写篇文章，我久久未能应命。原因是，我的想法，和他们的刊物，恐有抵触。

我以为读书兴趣，虽有人认为是一种消遣，其实也是一种社会心理的表现。社会心理就是社会意识。目前这类小说，就其内容来看，有些不一定能够达到宣传法制，惩恶劝善的目的。恕我直言,有的作品,甚至与这一目的南辕北辙。有不少的人,喜欢看这类作品,是很值得我们思考的。

四

一家刊物提出的“同名小说”,是越写越不带劲了。可还有别家刊物在模仿。模仿别人,在平常日子,也被认为是一种不高明的举动,在提倡勇于创新的时代,却常常走别人的脚印,这是什么道理?

前几年,提出“问题小说”,有作品,有理论,热闹了一阵。现在又在大办“小说唱和”,以为只要是名家出面,再弄些花色,刊物就可以多销,且看结果吧。刊物既是“商品”,买主就要看看,是否货真价实。

五

听说各地新华书店积压的武侠小说太多,卖不动了。

国家出版局也在警告：纸张全叫这类书占去，好书出不来了。给人的感觉，是晚了一步。早一点抓就好了。

事到如今，也听不到什么地方开会赞扬“通俗文学”了。那些理论家在会议上，胡乱吹捧了一阵，看见行情不妙，就又改写别的文章，吹捧别的新事物去了。才热闹了几个月，这股新浪潮就灯火下楼台，冷落了下来。不知这些积压的书，如何处理，经济效益又由谁人负责？

几个月前，风起青萍之末，一哄而来，致使一些敏感的理论家，认为是新的文学崛起。崛起得快，败露得也快。

六

又是三十年代。那时，就是一些皮包书店，野鸡书局，偷版漏税，也是出版一些对读者有益、有用的书，甚至革命的书，大书局不敢出版的书。没有听说谁家专印坏书、无聊的书以欺世获利。鲁迅与北新书局为版税，发生纠纷。鲁迅有一次对人说：李小峰不好好办书店，却拿出钱来，去办织袜厂。先生这话，是有些苛责了。北新书局还是印了很多好书，如果开列一个书目，那是要使当前的一些出版社，相形见绌的。如果是指该书局不按期给作家版税，自当别论。开袜子厂，是没有错的。书是人民需要，袜子也是人民需要，属于国计民生，至少是有利而无害的。

不久前，有些出版社，拿出大量资金，消耗大量纸张，去印无聊的，低劣的，甚至黄色有害的“通俗小说”、“武侠小说”。竞相仿效，你追我赶，一印就几十万册。书店也争相订货，书店几乎成了通俗小说专卖市场，形成“无侠不订货，无案不代销”的局面。其结果，流毒难以清算，这比起开办袜厂，问题就复杂得多了。

开书局，办出版社，总得有些识见，总得为文化事业着想吧，为什么会弄成这个样子？也是不讲协调，不按比例办事的结果吧。

七

现在，妇女为了戴耳环，又在纷纷穿耳。自残身体，以求美观，本是一种原始举动，在多少年前，就反对掉了，现在又成了时髦，真是奇怪。从国外贩来的洋人估衣，不知道是死人穿过的，还是病人穿过的，现在也成了时髦货。

青年人穿在身上，走在街上，去跳舞，去求欢，就不怕贻笑大方，传染细菌吗？

翻开一本文艺理论刊物，其中有些理论；翻开一本介绍外国小说的刊物，其中有些篇目，也给人以外国估衣的印象。理论是用新鲜名词作装饰，小说是用标题刺激读者。

八

读了两篇小说，是写人的原始本能的。就是把人物放在一种近于绝望的环境里，让他作本能的表现，互骂，互打，互咬。问了一位小说编辑，他说这种写法，还有一种理论。可惜我忘记了那个新名词。我看的这两篇，只能算是模仿，还不能算是创作。外国小说中，有不少是写人的本能的，当然其中也有高下之分。三十年代介绍来的，苏联拉甫列涅夫写的《第四十一》，在当时是很有名的。我记得育德中学的图书管理员，一次在大会上讲演，就是讲的这篇故事，全场轰动。小说写一个红军姑娘和一个白军军官，在孤岛上相爱，一到救生船来，才各自意识到了本来的阶级。如果是在那些年，会有人说它是人性论或阶级调和论的。但这篇小说,在苏联好像一直平安无事,就因为它有那个不可动摇的结尾。

我读的这两篇小说,时间,环境观念不清,不知是发生在什么年代,什么特定的环境。只是写人的类似动物的本能,写人物的幻想、梦境,也是仿效外国小说的。

创作与模仿, 怎么看得出来?创作的色彩是鲜明的,而模仿的东西,常常是模糊的。创作有作家自己的生活根据,而模仿只是根据作家读书的印象和得出的概念,禁不起推敲,又谈不上创作的个性。

九

前几天,读了一篇理论文章,谈到鲁迅写的《故事新编》。

鲁迅的《故事新编》,就其历史知识,文学手法,哲学思想来说,都不是轻易就可以否定,更不是轻易就可以超越的。至于他当时为什么写这个,这就很难说了。因为,我们距离鲁迅所处的时代与环境,究竟是生疏了。对于当时鲁迅的思想和心情,如不设身处地,为逝去者着想,更难得其要领。

单就小说而言,自然是鲁迅初期的创作,更有现实意义,更与时代的脉搏相呼应。但如就杂文而言,则鲁迅死前之一日, 其作品仍为革命文艺中最现实的。他的心,他的血液,正接连多灾多难的祖国的呼吸。他的一言一动,成为那一时代,对青年最有号召力、吸引力的号角之声。这一点,就是当时的革命作家,也都甘拜下风,尊为前导,后之来者,就不用多谈了。

现在,有些人对鲁迅的作品,抱冷漠态度,这原因很复杂,是多方面的。十年动乱,把鲁迅奉为主神的陪坐之神,强拉知己,无限制地印刷其著作,并乱加驴唇不对马嘴的解释,引出反作用,是原因之一。

鲁迅初期的创作,确是勇于借鉴西方的东西,以丰富自己。但是,他的借鉴,是通过外国文学的革命的或进步的内容,涉及其形式与技巧。这一立场,直到他死前,所办《译文》仍为主流。其间着力介绍弱小民族战斗作家之作,是与祖国当时的处境, 息息相关的。对于批判现实之作,也多有介绍。总之,以为鲁迅借鉴外国,只是追求创作的"现代化",那是无稽的瞎子摸象之谈。

鲁迅的《故事新编》,也并非都是晚年的作品,其中有的还是他早年之作。一个作家的着力点是多方面的,就是他那战斗的主要方向,也不能不受个人生活经历的影响。一些寓言、讽喻之作,一些看来短小、无意义之作,在每个大作家的文集中,都有录存。因为对作家本人来说,这些作品,仍是关系其一生的重要资料。

鲁迅一生,虽战斗姿态凌厉,但对待文学创作,则非常谦虚谨慎,从未自放狂言,以欺世盗名。

十

近来一些文艺评论,唯心主观的色彩加重了。有些虽谈不上什么哲学思想,但在文字上,编造名词,乱作安置,把文艺现象,甚至创作规律,说得玄而又玄,令人难以索解。层次呀,结构呀,转化呀,渗透呀。本来是很简单的东西,一两句就可以说清楚。叫他们一说,拐弯抹角,头下脚上,附会牵强,连篇累牍,说个不完。这种文章,貌似很新鲜很洋气,很唬人,拆穿来,除去新名词,并没有什么新鲜货色。不过把过去人云亦云的道理,变个说法,变个道道而已。此风已影响到文艺教学,那些讲义,有很多是辞费,使学生越听越糊涂。

经过很多人的努力，经过很长一个过程，我们的文艺理论，才逐渐克服了欧化、生硬、空洞、不通俗、脱离实际种种毛病，现在又有旧病复发之势。再加上哲学思想，逻辑概念上的混乱，有很多文章，实在是叫人读不下去了。

与之相呼应的，是创作上的所谓“现代化”。脱离现实，没有时空观念，动物本能描写，性的潜意识，语言粗野，情景虚幻。这样的文艺作品，中国人是不习惯的。对于现实，对于人生，都不会有好处。却为一些作家所热衷，所追求，为一些评论家所推崇，所赞赏。也不知是何道理。

一九八五年九月二十七日

创作随想录

我有一个习惯，好从来信上剪下白纸，留作便条记事。昨日《人民文学》编辑部同志来舍，约写扉页文字，乃抄录便条上有关文学创作数事以应之，不知能用否也。

一

艺术感觉，源自艺术修养。修养差，感觉自不能高尚。遇到一定气候，易流入庸俗无聊的境地。虽曾革命一时，亦不能长保令名。

二

不良的读书趣味,自是不良社会风气的反映。但如加强教育,多写好书,多印好书,这种风气和趣味,也会变好。不然,就会形成一种恶性循环:作家写无聊的书,败坏社会风气;社会风气,又反过来,败坏作家的神志心术,使之日趋沉沦,不能自拔。

三

并不是一切外国人,都喜欢中国落后的东西。这是清朝末年才有的现象。那些来中国找外快的冒险家们, 大量摄取这些东西, 向他们本国无知的人宣传,鼓励更多的冒险家,来征服这“落后”的地方。国内个别文人,顺应外国人这种心理,出于讨好外国人的愿望,也把自己民族落后、愚蠢、可笑的形象,加以渲染、考证,著书牟利。当时国人已目之为买办、西崽一类。如果目前,还有人想走这条路,那就更等而下之了。勿作媚外之文。

四

创作长期以阶级斗争为纲，朝夕间一变而为向钱看，是一个大讽刺。

写不健康的书，印它，出售它，吹捧它，都是为了一个钱字。

一九八六年一月十日

散文的感发与含蓄

——给谢大光同志的信

送来的六篇散文，都拜读过了。我以为都写得很好，已经形成你自己的散文风格。文字清丽委婉，能再现当时情景。以下，我谈些读后的感想，这些感想，是因为读过你的散文引起的，但不一定都与你的作品有直接关系。

文无定法。这是说，文章，包括散文，每个人有每个人的写法，没法强求一致，也不应该用自己的爱好，去衡量他人的作品。任何艺术都如此，文字之作尤甚。戏剧有程式，绘画有用笔用墨之法，为师者可当场表演，为徒者可从旁观摩，唯文字却不能。但其中也有规律可循。

我以为中国散文之规律有二：一曰感发。所谓感发，即作者心中有所郁结，无可告语，遇有景物，触而发之，形成文字。韩柳欧苏之散文名作，无不如此。然人之遭遇不同，性格各异，对事物的看法不同，因之虽都是感发，其方面，其深浅，其情调，自不能相同，因之才有各式各样的风格。

二曰含蓄。人有所欲言，然碍于环境，多不能畅所欲言；或能畅所欲言，作者愿所读有哲理，能启发。故历来散文，多尚含蓄，不能一语道破，一揭到底。

散文如果描写过细，表露无余，虽便于读者的领会，能畅作者之欲言，但一览之后，没有回味的余地，这在任何艺术，都不是善法。

读过你的散文，感到你对事物，有探索的热情，有天真直爽的感慨，文字运用，有充分表现的能力，但感发有时浅近，表现有时过露，这自然是与年岁经历有关，不足为怪。以上所谈，只供你思考，并和你讨论。

一九八四年六月二十三日晨

和青年作家李贯通的通信

贯通同志：

前后寄来的信和刊物，都收到了。《萌芽》我这里有，《上海文学》也有的。看到刊物上有你的新作，我都是感到高兴。看到你的作品被重视，发在显著地位，我尤其从心里喜欢。所以说，我虽然常常没有及时把你的作品看完，对你的创作还不能说是不关心的。

我的身体和精力，一年比一年差，衰退得很快。一天的工夫，也不知怎样就白白过去了。坐下来看书的时间很少，只是在晚上关门以后，才能安静地看一会儿书。这些年我好看古书，根底又差，有些书读起来很吃力，这些书又没有标点，有时为了几句话，在那里默默读若干遍。

不只你是，还有不少别的同志，寄来的刊物、书籍、文稿，我都没有及时看，压在那里，很觉辜负同志们的一片热心，心里很惭愧。

写作也少了。前几年，我写些短文章，发表在报纸副刊上。今年发见，寄一篇稿件到广州，要二十多天或一个多月，编辑部再压一压，登出来，距离写作之日，常常是两三个月了。改寄期刊，那时间就更要长。出一本散文集，要一年半。因此，写作的兴趣，大大降低了。

自己不愿意写，对别人的文章，看着也就没有热心了。对文坛上的现象，也就不大关心，很少去思索了。

近来，刊物、小报不断增加，都在谋求生财之道。文学艺术，当然不可避免地会导致赚钱，但以赚钱为目的文学艺术，就常常出现廉价招徕等等流弊。现在有些作者，把我们这个古老民族，压在箱底多年的，人们早已忘记的种种怪事奇谈，都翻腾出来了。重加粉饰编排，向新的一代青年抛售出去。其中包括皇帝、宦官、大盗、女特务、怪胎、尼姑、和尚等等。其内容，正像旧社会电影广告上大书特书的：惊险、火炽、曲折、肉感。其理论为：以小养大，以通俗养正统；先赚钱后办正事等等。

对于这些现象，我是有些迷惑不解的。正形成一股风，不可阻挡，而且常常和“改革”这两个严肃的字眼，连在一起，有识之士，是谁也不愿多说话的。

事实是，经过十年动乱，青年一代文化修养的正常进程，遭到了阻碍和破坏，对文学艺术的鉴别能力，欣赏水平，都有很大程度的降低，需要认真地补课。灵魂的创伤，需要正常、健康的滋补。应该给他们一些货真价实的，能引导他们前进向上的，现实主义的文艺作品。不应该向他们推销野狐禅，或陈腐的食物。

这种现象，可以解释为：是对过去管得过严，限制太窄，只许写工人农民，只提倡写英雄人物，高大形象，重大题材的一种反动。也因为以上原因，在通俗文学的理论研究、材料积累方面，在培养这类作家方面，并没有做过充分的准备。淤塞过久，一旦开放，泥沙俱下，百货杂陈，必然出现芜杂的局面。

前几年，青年人步入文坛，欲获“名”，必写爆炸性作品。有的爆炸不当，反倒伤了本身。近二年，欲获“利”，必写“通俗”作品，如标准太低，也会卖倒行市的。

你从县里调到地区编刊物，当然是好事，编刊物可以认识好多人，发表作品也方便容易些。但这些有利条件，不是创作事业的根本。有很多人进了编辑部，反倒写不出像样的东西来了。你现在又因为照顾母亲，回到县里去，我以为对你的创作前途，是大有好处的。说来说去，创作一途，生活积累总是根本，其次是读书。回到县里，从这两方面说，都比你整天埋在稿堆里，或是交际应酬好得多。

从事创作，只能问耕耘，不能预计收获。皇天总不会负有心人就是了。也不必去做“诗外功夫”。我青年时从事此业，虽谈不上成绩，也谈不上经验，但我记得很清楚，从来也没有想过，给权威人物写信求助。因为权威人物是不肯轻易发言的，只待有利时机，方启金口。有时说上一句两句，钝根者也不易领会其要领。即使各种条件成熟，你的姓名，被列入洋洋数万言的工作报告之中，并因此一捧，使你的作品得奖，生活待遇提高，得到一连串的好处，对你的前途，也不见得就是定论。历史曾经屡次证明这一点。

还是那句老话，只问自己用力勤不勤，用心正不正，迈的步子稳不稳。至于作品的得失荣枯，先不要去多想。

给我写信，是另一回事，与上述无干。因为我说你写得好或是不好，都是秀才人情，无关实利。我们是以文会友，不是以文会权，或以文会利。

幼年读古文，见到唐宋大作家，为了文名，上书宰相权贵，毕恭毕敬，诚惶诚恐，总觉得替他们害羞似的。年稍长才知道，他们实在有难以克服的苦处难处，什么都谅解了。无论各行各业，无论什么时代，总有那么一种力量，像寺院碑碣上记载的：一法开无量之门；一音警无边之众。令人叹服！

我年轻时，也很好名。现在老了，历尽沧桑，知道了各种事物的真正滋味，自信对于名利二字，是有些淡漠了。但不要求青年人，也作如是想。因为对名利的追求，有时也是一种进取心的表现。

还有的青年作者，不了解情况，寄稿件来，希望我介绍发表。现在，我既不是任何刊物的主编，也不是任何刊物的编委。稿子即使我看着可以，介绍给本地的刊物，人家不用，我还是无能为力。只好陪伴作者，共同唉声叹气。

最近，我已经申请离休，辞去了所有的职衔，做到了真正的无官一身轻。虽然失去了一些方面，但内心是逍遥自在的。这样就可以集中剩余的一点精力，读一点书，写一点文章了。

前两天，天津下了一场大雪，这是一场很好的雪。我从小就喜欢下雪，雪，不只使环境洁净，也能使人的心灵洁净。昨天晚上，我守着火炉，站在灯下，读完了你发表在《萌芽》上的小说《第二十一个深夜》。在我读小说的前半部分时，我非常喜欢，对你的艺术表现的欣赏，几乎达到了击节赞叹的程度。但自从甜妮母亲突然死亡的情节出现以后，我的情绪起了变化。这一人物，由于你在小说前半部的艺术处理，给我留下了非常美好的印象，我很喜爱这个女人。她的自尽，使我感到非常意外，非常不自然。我认为这是作家的“惊人之笔”，不惜牺牲好容易塑造出的一个动人的形象。她的死，没有充分的外界和内心的来龙去脉，大祸几乎是天外飞来。这是作家为了技巧的施展，安置的一处“悬念”。这一技巧装置，招致的是得不偿失的后果。

是这样。因为这一关键性的情节的失当，使你后来的故事，几乎全部失去了作为艺术灵魂的，自然和真实的统一体系。后面的故事乱了套，失去了节奏，跳动起来，摇摆不定。

当然，这也可能是你追求的一种现代手法。不必讳言，我是不欣赏这种手法的。在小说的后半部，奶奶和甜妮的性格都变了，或者说“复杂化”了，和你前面为她们打好的形象基础，发生了矛盾和破裂。你所写的甜妮擦澡和嘲笑诗人的情节，我认为都是不必要的，是败笔，是当前流行的庸俗趣味，在你笔下的流露。

小说，以甜妮母亲的死亡为分界线，艺术反映是极不协调的。如果前半部的处理，是现实主义的，是典型的；那么后半部的处理,则与此背道而驰。如果有人认为后半部所写,也是真实的,也是典型的,那么小说的前半部,就要作出别的解释和判断。

我认为,在今天,即使在偏僻的角落,甜妮母亲的自尽,也不是典型的。而死后,撒在她坟墓上的洁白的荷花云云,就更近于文人的渲染了。

"悬念"这个词儿,过去我不大留意,近来读一些作家谈创作的文章,才时常遇到它。过去,我认为小说的悬念,不过是"欲知后事如何,且听下回分解",章回小说的卖关子。现在才知道它是处理小说情节的一种流行的技巧。我没有这方面的实践,很难对它的功能作出什么评价。不过我认为,任何艺术,都以表现真实,顺应自然为主导。任何技巧,如果游离于艺术的自然行进之外,只是作为吸引读者的一种手段,其价值就很有限了。

贯通同志:鉴于你的真诚,我按照习惯,质直地说了以上的话。可能说得太多了,也可能有些地方说得过火了,希望你原谅。你的小说,是有自己的特色的,语言也简练洁净。我希望你发扬自己的优长,加强艺术上的现实主义修养,不和别人争一日之短长,不受流行庸俗之风的影响。你的创作是很有前途的,这不是我的凭空设想,你已经脚踏实地做出很多成绩来了。

祝

好！

孙　犁

一九八四年十一月二十日

附：

李贯通同志来信

孙犁同志：

您好！

久未给您去信了，主要是怕打扰您。您年事已高，身体又不太好，写作还是那么勤奋、严谨。每每读到您的新作，心里就有一种深深的敬仰，同时又有因自己的懒惰成性而产生的惭愧。记得一年前见到您时，您再三告诫，要多写，要写出个性来，不要故步自封。一年里虽然有成绩，可惜太小太小了。

今年，在省级刊物发表中篇小说一个，短篇九个。十篇中，自己较满意的是《上海文学》第三期那篇《正是梁上燕归时》,发表后收到不少信,尽是誉辞,然而终没有引起什么重视。——有些朋友说我缺少“诗外功夫”,或许此话有些道理,但关键还是“诗内功夫”差,我还是要走一条磊落的、坚实的路子。

新在《萌芽》发了一篇《第二十一个深夜》,师友们认为是我所发作品中最好的一个,今随信寄上,如时间许可,恳请您哂正。

请恕庸扰。顺致

冬安

山东鱼台县文化局　李贯通　上

一九八四年十一月十四日

再致李贯通

贯通同志：

十二月二十一日来信收到了。自从那篇通信发表以后，我也有些惴惴不安。特别是当一位搞评论工作的同志，看过我的信和你的小说以后，委婉地告诉我：“当前的青年作家，都喜欢捧……”的时候。我和你只见过一次面，也不过几分钟的时间，对于你的性格脾气，很难说是了解。即使了解，你对这封信的临时反应，也是不能轻易确定的。我近来不好读自己发表了的东西，这次竟把原稿找出来，看过几遍。我没有发见其中有可能开罪对方之处，我放心了。但我发见这封信带有很激动的情感，不是在心平气和的时候下笔的。这种心气不平和，当然不是因为你的作品，而是因为信的前半部那些题外的话引起的，然而它一直延绵到对你的作品分析的那个领域去了。

在分析你的作品时，有些话就说得偏激了些。例如对甜妮母亲的死，话就说得太绝对了，本来可以说得缓和一些。我想到：青年人读到这里会是不愉快的。

我坦白地说，我和你的这次通信，是我在一九八四年，最有情感的一篇文章，我每次读它，心里都忍不住激动。这是因为在这封信里，我倾诉了一些我早就想说的话，借题发挥了我平时对一些事物的看法和想法。

好了，读了你的来信，知道你能体谅我的唠叨，容忍我的偏激，这很难得，因此，我应该对你表示感谢。

我有一个急躁性子，写了文章，就想急着发表，又在报社工作，所以有些文章出去得很快，其实这样并不好。文章写好以后，最好放一放，有个思考、修改的机会。这几年，因为文字的考虑不周，我已经得罪过不少人，得罪了人，就有报应，就得接受"回敬"，吃了不少苦头。文章，没有真挚的情感写不好，有了情感，又容易生是非，这是千古的一大矛盾。

总之，我读了你的来信，我松了一口气。你说，你要把小说改写一次。我希望你千万打消这个想法，不要这样做。这是不合艺术规律的举动，只能费力不讨好。原封不动放在那里，出书时一字不改地收进去，我劝你这样做。把精力用在写新的作品上。

任何人的批评意见,只能听听做参考,你说你的,我听我的,如果确实说对了,也只能在以后的创作中注意。何况,文章一事,别人的意见,哪里就容易说到点上。姑妄听之,并不算是不客气。我虽然好写评论文字,但从来没有给人家出过主意,叫人家如何如何去修改作品。“文心”二字,微妙难言,虽刘勰之作,亦难尽之。“文心”之难以揣摩,正如处子之情怀的难以洞照一样,别人最好不要自作聪明。

也常常听说,什么青年作家的什么作品,按照什么人的意见修改以后,成功了,出名了。我对这种事,总抱怀疑态度。

祝

好

孙　犁

一九八四年十二月三十一日

谈《腊月·正月》

——致苏予同志

苏予同志：

收到惠寄的今年第四期的《十月》，我开卷就读了贾平凹同志的小说《腊月·正月》。

过去，我读过他几篇小说，印象是故事总有些离奇，好像在追求什么技巧，有编织雕琢的痕迹。读起来，我的兴趣不是那么高涨的。但因为熟识了又觉得读他的小说少，是个遗憾。

这一篇，读起来很有兴味，我可以说是手不释卷认真地读过了。

我感到：他在尝试了一些西洋“技巧”和现代“手法”之后，转移到了中国新文学的现实主义道路上来。这位作家，一踏上这条从现实生活着眼，从现实生活取材的道路，他的才华就如鱼得水似的，表现了极其泼刺的声势，极其闪耀的光芒。

现在有人在怀疑这条道路,他们的理由是:既然生活要现代化,文学艺术必然也随之需要现代化。他们把生活上的现代化变革,与文学艺术的创作方法等同起来,把日用消费同艺术创造等同起来,实际上是贬低了作家对现实生活的职责,同时也贬低了人民对文学艺术的要求和趣味。

现实主义,主要是从现实生活取得创作素材,而在取得素材的同时,作家也就获得了现实主义的艺术手段。这种创作,自然会体现当前人民群众的愿望和要求,体现政治的实施和力量。过去,我们常常把政治和艺术分成两个标准来衡量一部作品,其结果只能导致作品的概念化,导致作家的虚伪粉饰,于政治于艺术,都是不利的。

我们提倡现实主义,最大一个好处,是能使我们的作家,着眼于生活,把全部注意力放在观察、思考、表现自己周围的人和事,避免闭门造车,胡编乱造。

凡是对现实生活,有充分的观察和认真的思考的作家,他就不必过分着意于创作的技巧和故事的编造。生活本身会给他提供适当的情节,故事的进程,他就不必去追求什么奇奇怪怪的形式。试想:如果艺术形式,不是从现实生活中提炼出来的，而是从外国小说中学来的，它岂不与现实生活格格不入，而不能为读者所理解？提倡现实主义，提倡生活积累，还可以避免抄袭、套用、生吞活剥等等弊端。

现在抄袭之风甚盛，这不能只责怪作家，理论上的混乱，是非不清，也是重要原因。青年人不知文学事业之艰难，有时不知天高地厚，不知深浅利害。写出一些东西，大家鼓掌叫好，约稿的盈庭满座，并有的诱以高利，以及种种生活待遇上的方便。青年人并非入定圆寂之徒，不能没有一丝尘念，可是他又没有那么多生活本钱，想多生产一些，腹内已经空空，于是，找出几本外国流行小说翻翻，看看能否引起一些灵感。当初可能也是为了借鉴，后来发展为把外国小说的情节，洋为中用或古为今用，稍加变通，自成篇章，再加一些当前需要的改革、创业、开拓等等形象、故事或人物对话的标签，成为自己的创作。编者不察，发表于头条地位；论者不察，以为时代又出天才；委员不察，遂使得奖或名列前茅，赫登红榜。不被揭发则已，一被指破，实在令人啼笑皆非。当然，无论是编辑、委员，谁也不可能无书不读，读过又永久不忘。而抄袭者又不去抄红楼水浒，家喻户晓之作。一时失察，也是情有可原的。不过评论家写文章，则要仔细一些，遇有怀疑之处，应该找书来查一查。不应文过饰非极力把这些现象掩盖起来，或引经据典，称之为影响，称之为套用，并有人把鲁迅的主要小说创作，都在外国名家作品中找到了样板。好像“五四”以来，我国新文学作家，披荆斩棘呕心沥血写出来的东西，都是在外国人的影响下产生出来的，我们竟没有了自己的文学创作。这真是骇人听闻的新理论！

其实在文学事业上，影响、套用和抄袭完全是两回事，有鲜明的界限。正像偷窃与赠与、捡拾与白拿有鲜明界限一样。三岁小孩都能分辨清楚，岂容故意混淆？这样做对青年人的创作会有什么益处呢？

理论上的混乱，会导致文学现象的混乱，近年所见，不只一端。

又如庸俗、低级的色情小说、武侠小说，在旧社会是不能登大雅之堂的，连大报也上不去。现在却成为热门，不只进入大报、大刊物，而且进入大出版社，争相标榜，以谋多利，降低读者水平，影响青年心志，较之多赚几个钱，究竟是何轻何重呢？

当然，现在的色情与武侠，都有新的装扮，以符合时代的样式。但与旧作品相比，实在没有什么社会意义社会效果上的大区分。古时有小说诲淫诲盗之说,并非只是道学家的坐井观天之见,弄不好,小说确也能发生这种坏作用。

贾平凹的这篇小说,没有色情的成分,也没有武侠的成分。从现实生活取材,写的是家常事、平凡的农民。却也能引人入胜,趣味横生,发人深思,有时代和社会的深刻意义。这证明,新的文学还是应该与新的现实生活相结合。至于能否写得好,写得成功,就要看作家深入生活的程度,以及对现实主义的掌握如何。

有人预见,当前生活里的专业承包,会导致文学创作从内容到形式上的新的趋向。有些作家有先见之明,已经把内容转移到侦探、武侠、色情刺激上去了,形式也随之转化。这种理论,颇可怀疑。为艺术的艺术,自然也可以导致金钱,然而金钱的欲望不能转化为艺术。人民的生活,无论如何现代化,还是需要现实主义的艺术,也不会丧失判断力,把庸俗的作品和严肃的作品混同起来,甚至颠倒过去。

贾平凹在这篇小说里,与现实生活的精彩的描绘相适应,还运用了中国传统白话小说的叙述和对话的方法,流畅自然,充满活泼生动的内在力量。

贾平凹是勤奋的好学的,他博览群书,多方面探索,找出这样的一条路，我看到以后，高兴非常。因此写信给你，不知你以为如何？

祝

编安！

孙　犁

九月十二日

再谈通俗文学

——致贾平凹同志

平凹同志：

一月四日从北京发来的信，今天上午就收到了，出奇的快。寄一封平信到西安，要十天，挂号则更慢。可见交通之不便了。所以你不来天津，我是完全理解的，并以为措施得当。目前出门，最好不要离开团体，如果不是跑生意，一个人最好不要出门。

上次从西安来信，也收到，曾仔细读过。原以为你能看到我写的关于《腊月·正月》那篇文章，就没有复信。谁知道那篇文章写了已经半年，到现在还没有刊出。不过，我猜想，你在北京可能知道了它的内容，有些话就不在这里重复了。

你到北京去参加了那么隆重的会，是很好的事，这是见世面的机会，不可轻易放过。不过，会开多了也没意思。

我只是参加过一次这样的会。

近来,我写了几篇关于通俗文学的文章,也读了一些文学史和古代的通俗小说。和李贯通的通信,不过捎带着提了一下。其实,这种文章,本可以不写,都是背时的。因为总是一个题目,借此还可以温习一些旧书,所以就不恤人言,匆匆发表了。

既然发表了文章,就注意这方面的论点。反对言论不外是:要为通俗文学争一席之地呀;水浒西游也是通俗文学呀;赵树理、老舍都是伟大的通俗文学作家呀。这些言论,与我所谈的,文不对题,所答非所问,无须反驳。

值得注意的是,凡是时髦文士,当他们要搞点什么名堂的时候,总说他们是代表群众的,他们的行为和主张,是代表民意的。这种话,我听了几十年了。五十年代,有人这样说。六十年代、七十年代,有人还是这样说。好像只有这些人,才是整天把眼睛盯着群众的。

盯着是可以的,问题是你盯着他们,想干什么。

当前的情况是,他们所写的“通俗文学”,既谈不上“文学”,也谈不上“通俗”。不只与水浒西游不沾边,即与过去的施公案、彭公案相比较,也相差很远。就以近代的张恨水而论,现在这些作者,要想写到他那个水平,恐怕还要有一段时间的读书与修辞的涵养。

什么叫通俗？鲁迅在谈到《京本通俗小说》时说："其取材多在近时，或采之他种说部，主在娱心，而杂以惩劝。"

社会上的，人心之不同，有如其面。文坛是社会的一部分，作家的心，也是多种多样的。娱心，是文学作品的一种作用，问题是娱什么样的心，和如何的娱法。作品要给什么人看，并要什么样的心，得到娱乐呢？

有的作家自命不凡，不分时间空间，总以为他是站在时代的前面，只有他先知先觉，能感触到群众的心声。这样的作家，虽有时自称为"大作家"，也不要相信他的吹嘘之词。而是要按照上面的原则，仔细看看他的作品。

看过以后，我常常感到失望。这些人在最初，先看了几篇外国小说，比猫画虎地写了几篇所谓"正统小说"，但因为生活底子有限，很快就在作品里掺杂上一些胡编乱造的东西，借一些庸俗的小噱头，去招揽读者。当他们正在处于囊中惭愧之时，忽然小报流行起来，以为柳暗花明之日已到，大有可为之机已临。乃去翻阅一些清末的断烂朝报，民初的小报副刊，把那些腐朽破败的材料，收集起来，用"作家"的笔墨编纂写出，成为新著，标以"通俗文学"

之名。读者一时不明真相，为其奇异的标题所吸引，使之大发其财。

其实，读者花几分钱买份小报，也没想从这里欣赏文学，只是想看看他写的那件怪事而已。看过了觉得无聊，慢慢也就厌烦了。

你在信中提到语言问题，这倒是一个严肃的题目。你的语言很好，这是有目共睹的，不是我捧你。你的语言的特色是自然，出于真诚。但语言是一种艺术，除去自然的素质，它还要求修辞。修辞立诚，其目的是使出于自然的语言，更能鲜明准确地表现真诚的情感。你的语言，有时似乎还欠一点修饰。修辞确是一种学问，虽然被一些课本弄得机械死板了。这种学问，只能从古今中外的名著中去体会学习，这你比我更清楚，就不必多谈了。

我这里要谈的是，无论是“通俗文学”或是“正统文学”，语言都是第一要素。什么叫第一要素？这是说，文学由语言组织而成，语言不只是文学的第一义的形式；语言还是衡量、探索作家气质、品质的最敏感的部位，是表明作品的现实主义及其伦理道德内容的血脉之音！

而现在有些“文学作品”，姑不谈其内容的庸俗卑污，单看它的语言，已经远远不能进入文学的规范。有些“名家”的作品，其语言的修养，尚不及一个用功中学生的课卷。抄几句拳经，仿几句杂巴地流氓的腔口，甚至习用十年动乱中的粗野语言，这能称得起通俗文学？

通俗也好，不通俗也好，文学的生命是反映现实。远离现实，不论你有多大瞒天过海之功，哗众取宠之术，终于不得称为文学。

过去，通俗小说有所谓“话本”和“拟话本”。话本产自艺人，多有现实性，而拟话本产自文人，则多虚诞之作，随生随灭，不能永传。现在的一些武侠小说，充其量不过是“拟”而已矣，还不能独立成章。

雪中无事，写了以上这些，不知你平日对此是何看法，有何见解？冒昧言之，希望你和我讨论。

祝

安好！

孙　犁

一九八五年一月五日

给某刊编辑的信

编辑同志：

我最近没有写文章，想休息一下。目前，文章不好写。老年人写的东西，难免不应时。比如说小报吧，前一个时期，庸俗的小报泛滥成灾，教师、家长，无不忧虑气愤。可是，有多少人大言不惭地替小报说好话啊！有多少人写模棱两可的文章，实际是替小报呐喊助威呀！他们把这种泛滥，看成是一种“新的文学浪潮”，还预言它会冲垮“五四”以来的新文艺。谁表示点异议，他们就说你对新兴事物泼冷水，对通俗文学评头论足。他们自称是着眼群众的，是重视民族传统的。不久，事实就证明，这种小报，并不是什么通俗文学，与民族传统更是格格不入，甚至沾不上边。评论家进而吹捧庸俗小报，可以说是鼓吹评论的一大降调。

更使人奇怪的是,前一段时间,有的提倡西方什么主义的人,忽然加入吹捧庸俗小报的行列,也大喊起民族形式和民族传统来。其实,他们头脑里并没有这些东西,这次掺和进来一块喊叫,不过为的是把水搅浑,共同冲垮“五四”文学传统,好树立他们那树了好几年,还没有树立起来的旗。

你看,文艺理论上的事,就是如此混乱,难以说得清楚。文艺创作,当然是一种复杂的精神劳动。文学批评,也可以有种种见解。但是艺术有基本规律,有评价标准,有是非界限。

比如人物性格问题。有人说,凡是人,性格都是复杂的,没有一个单纯的,除非是白痴。照这样说,我们平常说,某某人很单纯,很天真,很可爱,又如何解释?所有这些人,就都是白痴?写小说,你把人物写得多么复杂都可以,但不要把这一原理,应用到实际社会上去,实际生活中去。

目前,有些蒙骗文字,小报的标题,是最显著的,还有的广告,交多少钱可以成为作家等等,都是过去闻所未闻的。评论有时也没有标准,一篇小说,如果评价它的艺术性,无非是内容与形式。内容也包括思想内涵,道德感染力量。有人把思想排斥在艺术之外是不对的。形式,主要是语言和结构。如果在这几方面，都没有达到新的高度，甚至一无可取，你硬把它吹捧到天上，或叫它得奖，那是不能服众的。时间会慢慢把它排斥出去。

好的作品，那是谁都可以看出的，有时甚至用不着评论家去费力。比如李存葆的小说《山中，那十九座坟茔》，就是一部现实主义的好作品，我是从电台广播里，逐字逐句听完的。这是一部有现实生活基础，有高度思想和想象力，有现实主义气派的作品。当然语言还可以简洁些，组织还可以精练些。

有的小说，虽然被吹得那样响，我就不敢苟同。以历史题材为例：如果从历史上说，它反映的社会情况不真实，很肤浅；从现实意义上说，它提供的思想很平庸，没有根基，甚至摇摆不定；从语言上说，它的语言很芜杂，甚至很污秽，这怎么能算优秀之作？还有那种投时代之机的揣摩小说，我也是一向不那么看重的。

现在有的评论文章，一是太长；二是“新名词”、“新学问”太多。玄而又玄，繁琐之至。貌似渊博新颖，细玩其内容含义，二十年代有些书中，早已介绍过。我以为，文艺评论，早已形成一个独立的完整的学科，把它看得太简单，固然不好；说得太复杂，恐怕也无补于创作的实践。把各种学科，都引进文学批评，不一定对文学批评有利。弄不好，还会把青年作者引入歧途。人对艺术的观念，总不会与自然科学的日新月异同步发展。

前些年，我们付出了多大的代价，才换回来“实事求是”这四个字。现在，这四个字已经不大被一些人重视了，从报刊上，我们常常看到与此相反的浮泛言词。这不能不反映到文艺创作和文艺评论中来。

关于短篇小说，过去我写过文章，现在也没有什么新意。如果是谈艺术，我觉得任何艺术，首先向作家要求的，是严肃和认真。艺术揭示人生的画面，传播人生的知识。世界上有为艺术而艺术的艺术，这种艺术也可以卖钱，但不会有只是为了名利的艺术。艺术给人以安慰，鼓励，憧憬和希望。只有教育陶冶人的思想感情的艺术，不会有使人坠入地狱，掉进浊水污流的艺术。作家首先要正心诚意。

一九八五年三月二十四日

和谌容的通信

谌容同志：

五月二十九日惠函敬悉。以后赐信，还是寄到我家里或是报社，由作协转信，有时很慢。

有些事，是越传越邪乎的。这几年，在我的方桌角上，倒是压着一张小纸条，不过是说，年老多病，亲友体谅，谈话时间，不宜过长。后来就传说，限在十五分钟，进而又说只限十分钟，其实不是那么回事。我不大轻信传言，即使别人的访问、回忆等等文字记述，有关我自己的，也常发见驴唇不对马嘴，有时颠倒事实。我看过常常叹气，认为载记之难，人言、历史之不可尽信，是有根据的。

你来时，我正写的文章，题目叫《耕堂读书记——读〈沈下贤集〉》。读书记，是我近年常写的一个题目。它不是创作，所以也谈不上打断，此文已经发表，现在寄上剪报一纸，是没有什么意思的。

因为自己已很久不写小说，近年来也很少看小说。你的小说，那样有名，我也没有认真去读过，这是很不应该的。当代作家的作品，总是有个机缘，我才偶尔读一些。

当收到你惠寄的大著《太子村的秘密》的时候，正赶上《收获》也来了，我一看上面有你的作品，不知为什么就要急于读这一篇。

我用了三个晚上，读完了你的中篇小说《散淡的人》。我读书的习惯是，不读则已，读起来就很认真，一个标点也不放过，你的作品，也是这样读完的，而且是选择安静、精神好、心平气和的时间读的。

名下无虚士，你的小说，写得真好。它能吸引人，我是手不释卷地读完的。

你用现实和历史交替的写法，完成这篇故事。杨子丰这个人物，写得饱满、完整，血肉充盈，神采飞扬。这并不是一个悲剧人物，当然也很难说，是个喜剧的人物。他的言语机锋，有很多名言谠论。这也是时代的产儿，幸而他没有夭折，完成了伟大的动荡时代的一个方面的证词。小说结尾之处，有余韵，有没有说完的，不易解答的问题，使我掩卷沉思。

谌容同志，原谅我，关于你这篇小说，我就谈这一些。这是我真实的读后感，或者说是读书记。我不是理论家，我厌烦繁琐的言词，也不会写头头是道，五彩缤纷的文章。

但是，就这个机会，我还想和你谈一些题外的话。我读作品虽然很少，但也能发见，当代中、青年作家中，确不乏有才有志之士。他们严肃地从事创作，认真地思考问题。对时代，也可以说是对我们的民族，有一种赤诚，有一种信念。这种赤诚和信念，都饱含在他们的文字语言中间。创作方法，也可以说是创作风格，不会一样。一种是表象的写法，一种是内心的写法。前者是通过场景表现人物，包括服饰、饮食、起居方面的细微描写。故事紧凑，人物活跃、通篇有声有色，无懈可击。这种小说，我通常称之为规格的小说，来源于莫泊桑。这是精心细致做出来的小说。写这种小说的人，不断采撷，不断写作，每隔一段时间，就完成一篇作品，很有规律，成为职业作家。

另一种小说，即第二种，是作者内心郁结，不吐不快，感情冲动，闻鸡起舞。这种写作，形式有时不完整，人物有时也有缺陷，但作者的真情实意，是不可遏止的。作品中有他的哲学，有他的血泪，有他的梦幻，读起来，谁也不能心平气和，不为之掬一把同情之泪。这种小说的根源，外国可找契诃夫，中国则是《红楼梦》。这种创作，常常是偶然的，难以后继的，是天籁，电光一闪。这不是做出来的小说，是个人情感和所遇现实碰击出来的火花。

当然，两种小说，也很难断然划开。先是写第二种，后来变为第一种，也是有的。而先写第一种的，却很少转为第二种。这两者并无高下之分，由作家的气质、师承和爱好而定，前者倒可以说是小说的嫡传。在中国，茅盾的小说似前者，而鲁迅的小说，似后者，不知你以为然否？等我慢慢再读一些你的作品，我们再详细讨论吧。

读完你的《散淡的人》，脑际萦绕，有不能已于言者，今晨三时起床，胡诌了以上几点。外面则雷电交作，大雨倾盆，这种氛围，最利于写作了。

祝

好

孙　犁

一九八五年六月十九

附：

谌容致孙犁的信

孙犁同志：

他们警告我说，您接待客人只限十分钟。可我不知不觉在您的椅子上坐了一小时，听您谈笑。回来一想，占了您那么多时间，心里很过意不去。您那篇稿子写完了吧？发在什么地方，我很想看看那被我打扰过的文章。

寄上我的农村题材小书一本，望您批评指正。

您一定要多走些路，在院子里也好。

祝您

逍遥自在！

谌　容

一九八五年五月二十九日

关于传记文学的通信

申明同志：

前日，郑法清同志捎来你去年十二月二十六日写给我的信，拜读过了。深情厚谊，十分感谢。你同杨振喜同志写的有关我的评传，也曾在刊物上读过一些章节。我对此事，向来兴趣不大。其原因：回顾自己足迹，凡凡无足称述，值此风烛残年，意懒心疲，人之毁誉，均不入于怀抱。但是，你的信以及你同杨君的著述，其热情，其盛意，其认真用心，均使我感动，所以愿意就写评传的一般问题，说说个人的心得和看法，作为你们工作的助兴之谈。

我一向认为，写传记，应首先理解那个时代。一个作家，他的作品，不管他怎样说，总受时代的影响、制约。即使如现在一些理论家所倡导的脱离政治，淡化生活，从另一方面看，仍是当前政治、社会生活的一种反映。作家不能脱离他的时代,受一定的政治约束,或作一定的主观反映,这已是人类历史、文化历史的定论,无论如何也不能否认的。用一句陈旧的话来说,就是任何作家的作品,都有时代的烙印。

所以,写一个作家的传记,必须首先研究、熟悉他所处的时代,他个人的经历,他在文学上的成果,对这一时代的影响和作用。

我还活着,参加文艺工作,从头算起,也不过五十年,距离够近的了,难道你们还不熟悉这一段历史?其实,并不如此简单。这五十年,是中国历史上少有的急剧变革的年代,单就一些生活细节来说,比如衣食住行,我写小说的那个年代,和现在就不能同日而语。那时人民的衣食住行,困难得很,司务长如果贪污五斤小米,就要枪毙。比起目前社会上一些不正之风,比起一些人的随意抛撒粮食,比起人们那么热衷进口的服装和豪华的卧车,可以说是天上地下的分别了。如果作者用这些八十年代的观念,去理解三十年代的作家和作品,那必然就谬之千里了。当然,目前正有一些理论,主张用八十年代的新观念,去观察中国几千年的旧历史。对此,我略有迷惑:第一、不知道这种所谓新观念,到底是一种什么样的观念?它与中华民族的传统观念，有多大差别？第二、用这种观念，作用于历史，作用于文学艺术，其成果如何？一个国家，一个民族，有它多年形成的观念，比如热爱祖国的观念，抵抗外族入侵的观念。这不是一个时代的观念，更不是哪一个年代的观念，它将贯穿一个民族的始终。

中国历史多次证明：一种新的观念的形成，或一种旧的观念的消失，都不是轻而易举的。要经过长期的、曲折的、反复的认识和实践的过程。因此，新的名词，新的学问，都不等于新的观念。就是生活方式的某些改变，也并不证明新的观念已经在人的头脑里形成。

不过，每一个年代，总是有它的特点的。它总是突出某一种观念，在当时甚至也可以说是新的观念。例如抗日战争，土地改革，全国解放，就都有它的特点，都有它突出的观念。以此，形成一个作家的特色，一部作品的灵魂。

同样，作家个人在这一时代中的经历，他的生活，他的修养，他的思想、心理、气质，他的遭遇，作传者必须有详细准确的材料，有洞察的判断力，有文字传达的功能，有进入时代，与作家共命运同呼吸的同情之心。

都说司马迁的传记写得好，鲁迅誉之为无韵之离骚，史家之绝唱。历史、文学兼而有之，并臻极顶。究其原因，在于司马迁掌握材料之多,用心之细,感情之丰盛,文字之相符。目前有许多人,认为司马迁的著作,是加有虚拟手法的报告文学,这真是误解。司马迁文章所以写得好,首先因为他写的是历史,历史真实性强,令人信服,才成了文学作品。并不是有了文学的"生动",才成了历史家。如果是那样,他的著作就会一钱不值,更不用说流传千古,奉为经典了。

所以,写传记,首先是存实,然后才是文采。先求历史家欣赏,后求文艺家欣赏。其方法主要是掌握材料,判断材料,取舍材料。对于一个作家,主要是按照时间顺序,精读他的作品,不放过一篇文章。我这里说的精读,就是细读。有的人说是研究,却连作家主要作品的篇目,都记不清,或把主要作品中的主要人物的名字弄错,其他方面,还谈得上准确可信吗?我读过一篇你们写的文章,其中,把我的家乡安平和教过书的安新混为一地;把我的朋友陈乔和陈肇混为一人,这是需要出书时改正的。有的人,研究一个作家,却不愿费力气去读他的作品,而是希望作家本人和他作竟日之谈,或把材料写给他。这也是一种偷懒取巧的办法。

以上是就写传记而言。你们的题目上,还有一个"评"字。传记需要客观,而评则需要主观,似乎矛盾。其实,评是在研究作家和作品之后作出的,所以仍是客观基础上的主观。但写评不要胆怯，不要顾虑太多，特别是不要顾虑作家本人看了如何如何，如果是那样，最好是等作家死了以后再写。要直抒己见，才能成一家之言。

申明同志：我多年老病，文思枯涩，即将从文坛告退。以上所谈，与其说是发表意见，还不如说是酬答友情，更切实一些。

即祝

新年愉快！

孙　犁

一九八六年一月三日下午二时

附：

周申明致孙犁的信

孙犁同志：

好久没有去信了，说来也真有点不好意思：我曾答应您国庆节前后写出《孙犁评传》初稿，可直到目前，还仅仅赶出一个初草，约二十六万多字吧。这其间，我病了一场，耽误了一段时间；更主要的是我与杨振喜都感到越写越难，质量上不去,现在还拿不出手。同时,还感到现在稿子的第一章之前,需要加写一个“引论”或“总论”,题目暂定为《孙犁的文学贡献》,总述您在现、当代文学史上的地位与作用。突出之处可概括如下六点。一、小说方面:盛年多佳作,以质取胜。不仅清新秀美如白洋淀里的荷花, 而且蕴涵丰厚似白洋淀里的物产。形成了卓然不群的独特风格。二、与此相联系,这种艺术风格影响了一大批文学青年, 在五十年代初期逐渐形成了一个“荷花淀派”。这在我国当代文学史,堪称开小说流派之先。不管您承认不承认这个流派, 我觉得这是“史实”,尽管由于某些原因,它发展得不够充分、不够完备。在一次座谈会上,我曾称之为“草色遥看近却无”。然而,毕竟到了春花竞放的时节。一时的沉寂, 并不意味着它的“消亡”。我觉得,从近些年涌现的一批作家,如河北的铁凝、贾大山等人的一些作品中,是颇得“荷派”神韵的。三、散文方面:创作与理论相得益彰,这在当代散文家之中,也是难能可贵的。四、文艺理论的建树是多方面的,突出表现在对现实主义传统的继承、捍卫和发扬光大上,可以说是坚定不移的,一往情深的,旗帜鲜明,甚至敢于“赴汤蹈火”的。五、在作家“学者化”方面,老年文章,引人注目。六、在诗歌、儿童文学等方面,也作出了相当可观的奉献。

以上几点，是我最近又读了您的主要作品之后的思考。振喜同志去西安开会，待他回来后看还有什么意见补充。我们这两年也抽空读了一些中外作家评传，感到写法上不必定于一格，文字上也详略有别(如《雨果传》，近五十万字，而《屠格涅夫评传》多了个“评”字，才有十二万字的样子)。就我们考虑，觉得搞这样一个“引论”较好，不知您以为妥否。

我们两人在大学时代就很喜欢您的作品，也分别记有读书札记、卡片等。原以为搞起来较为容易，实际上却难。您的主要作品又通读了两三遍，有些问题需要设身处地反复思索，加上业余时间极为有限，就拖了这么长时间，质量也还不行。我们将再拼一拼，既实事求是、寓识于诚，又竭力而为、有所出新，力争春节过后能交稿。

情之所至，信马由缰。这封信写长了，您身体又不太好，不必急于回信。如您方便，明年春天欢迎您旧地重游，到河北老家走走。我们许多同志都盼望有年啦！

谨祝

身体健康新年好！

申　明

一九八五年十二月二十六日

散文的虚与实

秋实、建民同志：

我先后看了你们的几篇散文，又同时答应给你们写点意见。你们的散文，都写得很好，我没有多少话好说，拖下去又有违雅意，所以就想起了一个讨懒的办法，谈些题材外的话，一信两用。

这是不得已的。我的身体和精力，实在不行了。有些青年同志，似乎还不大了解这一点，把热情掷向我的怀抱，希望有所激发。干枯的枝干上，实在开不出什么像样的花朵了。

我和你们谈话时，希望你们多写，最好一个月能写三五篇散文。后来认真想了想，这个要求高了一些，实际上很难做到。

小说，可以多产，这在中外文学史上，是有很多例子的。小说家,可以成为职业作家,有人一生能写几十部,甚至几百部。

诗人,也可以多产。诗人就是富于感情的人。少年有憧憬,壮年有抱负,晚年有抒怀。闻鸡起舞,见月思乡。风雨阴晴,坐车乘船,都有诗作。无时无地,不可吟咏。

报告文学,也可以多产。报告文学家,大都是关心社会疾苦、为民请命的人。而社会上,奇人怪事,又所在多有。只要作家腿脚灵活,笔杆利索,是不愁没有材料的。一旦"缺货",还可加进些小说虚构,也就可以了。

唯独散文这一体,不能多产。这在文学史上,也是有记载的。外国情况,所知甚少,中国历代散文名家,所作均属寥寥。即以韩柳欧苏而论,他们的文集中,按广义的散文算,还常常敌不过他们所写的诗词。在散文中,又掺杂很大一部分碑文、墓志之类的应酬文字。

所以历史上,很少有职业的散文作家。章太炎晚年写一道碑文,主家送给他一千元大洋。据说韩愈的桌子上,绢匹也不少,都是用碑文换来的。一个散文作家,能熬到有人求你写碑文、墓志,那可不是简单的事,必须你的官望、名望都到了那个程度才行。我们能指望有这种高昂的收入吗?这已经不是作家向钱看,而是钱向作家看了。

所以,我们的课本上,散文部分,翻来覆去,就是那么几篇。

散文不能多产,是这一文体的性质决定的。

第一、散文在内容上要实;第二、散文在文字上要简。

所有散文,都是作家的亲身遭遇,亲身感受,亲身见闻。这些内容,是不能凭空设想,随意捏造的。散文题材是主观或客观的实体。不是每天每月,都能得到遇到,可以进行创作的。一生一世,所遇也有限。更何况有所遇,无所感发,也写不成散文。

中国散文写作的主要点,是避虚就实,情理兼备。当然也常常是虚实结合的。由实及虚,或因虚及实。例如《兰亭序》。这也可以解释为:因色悟空,或因空见色。这是《红楼梦》主要的创作思想。有人可以问:不是有一种空灵的散文吗?我认为,所谓空灵,就像山石有窍,有窍才是好的山石,但窍是在石头上产生的,是有所依附的。如果没有石,窍就不存在了。空灵的散文,也是因为它的内容实质,才得以存在。

前些日子,我读了一篇袁中道写的《李温陵传》,我觉得这是我近一年来,读到的最好的一篇文章。李温陵就是李贽。袁中道为他写的这篇传记,实事求是,材料精确,直抒己见，表示异同。不以众人非之而非之，不以有人爱之而爱之。他写出来的，是个地地道道的李贽，使我信服。

散文对文字的要求也高。一篇千把字的散文，千古传诵，文字不讲究漂亮行吗？

所谓文字漂亮，当然不仅仅是修辞的问题，是和内容相结合，表现出的艺术功力。

散文的题材难遇，写好更难，所以产量小。

近来，有人在提倡解放的散文，或称现代化的散文。其主要改革对象为中国传统的散文，特别是“五四”以来的散文。三十年代，曾今可曾提倡词的解放，并写了一首示范，被鲁迅引用以后，就没有下文，更没有系统的理论。现在散文的解放，是只有口号，还未见作品。散文解放和现代化以后，也可能改变产量小的现状，能够大量生产，散文作者，也可能成为职业作家了。

但也不一定。目前，就是多产的，红极一时，不可一世的小说作家，如果叫他专靠写书为活，恐怕他还不一定能下决心。有大锅里的粥作后盾，弄些稿费添些小菜，还是当前作家生活主要的也比较可靠的方式。

“五四”以来，在中国，能以稿费过活，称得起职业作家的，也不过几个人。

从当前的情况看，并不是受了传统散文的束缚，需要解脱，而是对中国散文传统，无知或少知，偏离或远离。其主要表现为避实而就虚，所表现的情和理，都很浅薄，且多重复雷同。常常给人以虚假，恍惚，装腔作态的感觉。而这些弱点，正是散文创作的大敌大忌。

近几年，因为能公费旅游，写游记的人确实很多。但因为风景区已经人山人海，如果写不出特色，也就吸引不了读者。

当代一些理论家，根据这种现状，想有所开拓，有所导引，原是无可厚非的。问题是他们把病源弄错(病源不在远而在近)，想用西方现代化的方剂医治之，就会弄出不好的效果来。

一些理论家，热衷于西方的现代，否定“五四”以来的散文，甚至有的勇士，拿鲁迅作靶，妄图从根子上斩断。这种做法，已经不是一人一次了。其实他们对西方散文的发展、流派、现状、得失，就真的那么了解吗，也不见得。他们对中国的散文传统，虽然那样有反感，以斩草除根为快事，但他们对这方面的知识，常常是非常无知和浅薄的。人云亦云，摇旗呐喊，是其中一些人的看家本领。

我还是希望你们多写，总结一下经验教训，并多读一些书。中国的，外国的都要读。每个国家，都有它的丰富的散文宝库，例如我们的近邻印度和日本，好的散文作家就很多。但是，每个国家的文学，也都有质的差异，有优有劣，并不是一切都是好的，也不会凡是有现代称号的，都是优秀的。

祝

春安

孙　犁

四月一日

小说杂谈

小说与色情

文艺思想,是哲学思想和传统道德观念的反映。中国封建社会的漫长历史,主要的哲学思想是儒家的思想。此外则是道家和佛教思想。儒家重礼,道家清静无为,佛家要出世。这三种哲学思想,对于文艺作品中男女关系的描写,都是限制的,不是放任的;都是含蓄的,不是露骨的;都是宁缺毋滥,不尚繁琐渲染的。

传统的道德观念也是如此,凡是越轨的行为,男女的交接、授受,都被看作是私奔,野合。

因此,自古以来,中国文学作品里男女关系的描写,都很简单,都很规矩,可以说是洁本。

但是,无论儒家、道家、佛教,都不能否认男女关系,即两性关系及其自然的要求。特别是儒家,明确提出:食、色性也。饮食、男女,人之大欲存焉。把两性关系的重要,提高到与吃饭相等的程度,这证明古代圣人是非常通情达理的。

这样重要的人生关系,不在文艺作品中,得到充分的反映,在圣人看来,也是不自然的,甚至是不合理的,不可能的。因此,把古代歌谣中的男女相慕之情,也作为神圣经书的内容,任人吟咏。

儒家规定的男女关系是:节之以礼,不能淫乱。

历代封建王朝,都以儒家的哲学思想作为政治思想的基石。在立法行政上,体现了这一原则。

古代的文人,都尊崇孔孟之道,所以在他们的作品中,有关男女关系的描写,都在这一范围之内进行。小说亦不例外。唐宋传奇,男女关系为主要内容,且多涉及闺房私事,然所描写也多是隐约的,即不伤大雅的。如"三尺寒泉浸明玉","哧哧笑语"之类。

如果说,唐宋传奇的作者,都是有地位、身份的文人,他们是受了封建思想、旧道德观念的束缚,没有突破礼教的勇气和胆量,也不一定是事实。他们如此下笔,是基于他们的自觉,即自觉到文人的职责,作品的影响。他们尽心于艺术,忠实于生活,赋予男女人物以更高尚更美好的形象。这种做法，在任何时代，都是应该提倡，应该受到尊重的。他们描写色情，不是为了投合低级趣味，取悦庸俗读者。他们描写的色情，是艺术化了的色情，是整体艺术的一部分。

露骨的色情描写，始自南宋的话本，至明而大兴。南宋偏安一隅，临安闲散人口太多，这些说话人，像那些跟着行在卖酒醋的人一样，在三瓦两舍之间，讲些故事，卖艺糊口，这些人并没有多少思想修养和道德修养，那些来听故事的游荡者，也不是到这里来参加文学讲座。为了招徕顾客，为了拢住听众，为了多挣一些钱，说话人不得不在故事中间，掺杂一些色情故事。这种习惯一直延续到解放前的北京天桥、天津南市、乡间庙会。最近在一些文艺作品中，此风又有“复古”之势。

把大量色情描写，形成文字，写在书里，则是到了明朝时候的事。《金瓶梅》一书，就成了典型。目前，自从发表了洁本《金瓶梅》出版的消息，竟然有那么多的人，欣喜若狂，奔走相告，这其中，难道都是关心这部文学名著的文学爱好者吗？恐怕好奇者居多数。

其实，把《金瓶梅》作为色情描写的典型，是不合乎事实的。比这部书淫秽得多的书，明清以来，如过江之鲫。印刷精致，售价高昂，且多出口外国，但在国内很少流传，甚至禁书目录上，也找不到。青年人当然不知其书名，更无论其作者。这些书，只能称作淫书，不能叫做小说，更不是文学作品，社会自然地抵制了它的流传。

而这些淫秽之物，附着在一部文学名著——《金瓶梅》身上，成为它永远割除不掉的赘瘤，限制了本身的传播，这实在是文学史上的一个奇怪现象。我们想象不出，这部伟大著作的作者，为什么写进这些东西以自污。是为了畅销多得稿费？是为了使书成为出版商追逐的热门货？显然都不可能。有人怀疑，这些东西，有些是作者写的，而大部分是别人加进去的，也不无道理。

总之淫书是淫书，文学是文学，淫书不能成为文学。即使混在一起，也是应该分别对待的。

中国其他几部著名的长篇，没有露骨的色情描写。《水浒传》写了几个淫乱妇女，社会人情，都写得传情逼真，但还是很有分寸的，是文学。《红楼梦》写了各种人的男女关系，包括贾琏、薛蟠的不堪情状，但还是化腐朽为神奇的笔墨，不能删除的。

我们习惯上把淫秽的文字，叫做色情。其实色也好，情也好，小说中总是避免不了的，有时是重要的题材。问题是作者对待色情的态度,和描写时的艺术手法。旧小说中的《汉杂事秘辛》,是明朝杨慎的伪作,可以说是赤裸裸地写了一个少女的体态，但令人看来，还是一个艺术形象。所以说,作家的创作用心和艺术修养,是非常重要的。而这两点,在色情描写上,最容易显示高低。

一九八五年五月三日

小说与劝惩

在八十年代,文学面向世界,面向未来之际,谈小说的劝善惩恶,未免被讥为老掉牙的言论了。其实,任何民族,在其小说仍处摇篮状态之时,就与善恶二字,结下了不可分割的缘分。《天方夜谭》如此,《十日谈》如此,中国的古老小说亦如此。

先谈中国吧。小说的原始形式为街谈巷议。谈议什么?无非是人和事,谈的是事实,议的是是非,即善恶。先是谈一人一事,后来可能演变为一人多事,故事性就加强了,或多人多事,故事就更热闹了,其中人物的是非,善恶的表现,也就更复杂了。这就出现了长篇小说。

任何民族,因为生活的需要,也可以说是生活的总结,形成了本民族的道德观念,用这一道德观念,去评论是非,维系人心,保持民族的团结,保证民族的发展。这种道德观念,反映到政治上,当然也反映在文学上。

常常有人把文学的价值提得那样高,好像文学可以不受任何制约,自由腾飞。文学不是受政治制约,而政治是受文学制约的,其目的何在,根据何在,这里不去探究,总之不合乎历史规律就是了。

文学虽受政治制约,但不是说文学就不可以对政治有所批评,这种批评,也就是一种劝惩。屈原,杜甫,就都曾这样做过。所以说,小说的劝惩,也是很广泛的,包括对现实生活的各个方面。

我们听说过:学而优则仕,但没有听说过,仕而优则文。过去,学或是作文,都是为了做官,做官以后,就可以牧民,可以直接进行劝惩,比做文章,拿拿捏捏,拐弯抹角方便得多了。

但文章的劝惩,究竟有它的特殊和独到之处,所以历代王朝,并不因其容易产生麻烦,而废弃之。旧日文人,对于一般的事物,即平民百姓,惩劝时可以直抒胸臆,用不着忌讳。对于涉及政治问题的事物,惩劝时,就不能直指,而要婉讽。就是婉讽吧，还是容易惹麻烦。

于是聪明一些的文人，就去写小说。小说空间大，方面广，子虚乌有，容易使人谅解。因此，弄来弄去，小说创作的数量，在任何民族，特别是目前，都居首位。

小说对现实生活进行劝惩，也不是那么容易的事，必然有个认识问题和手段问题。认识不真，则容易黑白混淆，是非不分，甚至善恶颠倒。“四人帮”时期的小说，都是这样。手段不高，则不能引人入胜，性格不鲜明，达不到惩劝的目的，而被人指为公式化、概念化。

还有以惩劝为名，实际上不是隐恶扬善，而是隐善扬恶者，在历代小说中，并不占少数。例如清平山堂话本中的《刎颈鸳鸯会》一篇，文前文尾都是劝人不要淫乱的，而正文却一而再，再而三地，赤裸裸地描写色情，其效果反而宣扬了淫乱思想。目前黄色小报上的所谓小说，大都如此。

长期以来，凡写小说，都在前言后记中叙明，他这一部小说，是为了惩劝。就是像《红楼梦》这样的作品，开场时也不得不加以这样的表白。这一方面是为了提醒读者，更重要的是照顾国家的功令和传统的道德观念。《水浒传》明明是官逼民反，书名之上，必加忠义两字。《金瓶梅》本来揭露社会黑暗污浊，必以主人翁不得其死为收场，以示恶有恶报。甚至演为孝子报仇,才写这样的书等等。

这样一来,劝善惩恶就成为小说的一种标签。高手能超越之,以反映现实;低手就以它为护符,写一些无聊的僵化的东西。

“五四”新文学运动,打破了这一框框,使小说获得新的生机。无论当时提倡的现实主义或浪漫主义,都排除了表面的功利,向现实生活作更深的开掘和突进。小说的题材和主题,都更广阔,更具备新的意义。但“五四”以来的小说,并不排除小说对人民的鼓舞和教育的积极作用。它不过是从广义上去理解小说的劝惩罢了。

忽视小说对人民的熏陶教化的作用,把小说创作,看作是无目的,随心所欲的西方现代派观念,是不足为训的,不符合中国小说的传统的。其实这种观念,也是虚伪的,不过借此种理论,掩饰其另一种功利,达到另一种目的而已。

一九八五年五月四日

小说与武侠

现在所谓武侠小说,鲁迅在中国小说史中,称为侠义小说，在清朝一度很流行。

鲁迅说，这种小说，源出于南宋“说话”中的三国、水浒故事。南宋偏安一隅，人民思念恢复，听众中间，散兵游勇，失业贫民很多，这些故事，和他们的心灵是相通的。清朝初年，人民思念亡去的明朝，也怀念那些草泽中为恢复而斗争的英雄，这些故事，也还能打动他们的心。但到清朝巩固了统治，平息了内乱，来听评书的人，都已经甘心当臣仆，当奴才，往日的无业游民，多已经在平息叛乱中，建立军功，荣归乡里，再听这些梁山故事，就有些心不在焉了。于是产生另一种侠义英雄，即(在民间每极粗豪，而终必为一大僚隶卒，供使令奔走以为宠荣的)黄天霸式的人物。

就是这种人物，延续的时间也不长久，随着清朝的衰亡，外族的入侵，人民已经完全没有心情再听这种故事了。

“五四”新文学运动，对这种小说，几乎没有进行什么扫荡，它就像镖行的没落一样，自行消亡了。有些无聊文人，继续为之，读者也很少。青年学生，对这种小说，是不屑一顾的。

历次农民战争，无论是陈胜、刘邦、朱元璋、李自成，他们的成功，都是发动广大农民，其中将领，也多是从普通农民中显露提拔,很少有什么侠客。不是侠客,贩夫走卒,屠狗之辈,也可成为英雄。至于会要一些刀枪棍棒,在实战中间,能否取胜,还是疑问,在新式武器面前,就更没有用武之地了。

经过太平天国、义和团惨痛的经验教训,使得朝野上下,懂得了封建愚昧的东西不可恃,才换来对科学民主的追求和宣传,这就是晚清以来的启蒙运动。从政治、文化到传统习俗上,进行了一系列的革命。

可是在八十年代,在中国大地上,忽然又刮起了一股武侠小说风,这是什么道理呢?此风,先从香港电影传过来。香港这个地方,有人喜欢看这种影片,是不足为奇的。有它特殊的历史和文化的原因。在内地,则是十年动乱,教育废弛,社会风气败坏,稍后之时,这股风究竟助长了什么,迎合了什么。现在稍有理智的人,都已经看得很清楚。这种小说,重新宣扬我们民族那些封建的、不科学的,甚至愚昧的东西,重弹这些老调,迎合国内外低级趣味和好奇之心,这在晚清、民初,稍有民族自尊心的作者,也是不肯干的,要遭到严正指摘的。但目前,却有一些人醉心于此。这确是一种反常倒退,使人感到迷惑的现象。

侠义小说,本是一种民间文学,其传统为当场演说,后经名人润色，得成为文学名著。三国、水浒，无不如此。清朝的侠义小说如《七侠五义》，《儿女英雄传》等，也不失为优秀之作。前者系艺人石玉崑讲稿，经学者俞樾重编。后之作者文康，也是深习此道的人。他们的作品，都有浓重的评书韵味。后来也不断有作者，向这方面努力，号称通俗小说。以上作品，都是为了适应文化较低的读者，向他们提供促进身心健康的读物。

回顾一下“五四”以来，仁人志士，呕心沥血，为新的文学事业，奠定的创作和批评的路，使我们能够判断目前的这种混乱情况，不受迷惑。

中学时，读了一部《韩非子集解》，能够记得的词句有：“儒以文乱法，而侠以武犯禁。”并不明白究竟什么叫做侠。后来听说《史记》用大量的篇幅写了游侠，是因为司马迁感时伤世，借题发挥自身的愤懑，也找来读过了。并见司马迁所写的游侠，都是丰满的血肉，社会的人物，并不像武侠小说里所写的，那样浅薄、庸俗，甚至可厌。

我想，现在社会里，不会有武侠小说里的那种人物了，如果有，也只能是堂吉诃德式的了。

一九八五年五月九日

小说与批评

这里说的批评，不是当前的批评，是指金圣叹那种文字，也可以叫做评点或批点。

金圣叹以批西厢和水浒，名声大噪，还要批杜诗，没有卒业，就“无意中得之”地掉了脑袋。

世界上的事很奇怪。谁也不知道，在什么时候，一个什么人，弄了点什么名堂，就忽然名扬天下，妇孺皆知。金圣叹并没有留下什么别的著作，可就是在这两本书上，东拉西扯地批点了一阵，就出了大名，成为“批点文学”的祖师。

有人说是他选择的书好，书是名著，批点自然也容易出名，是附骥尾的玩意儿。其实不然。这两本书，在金圣叹之前之后，都有不少人批点过，别人的名声都没有他大，可见他还是不同一般，有独到之处的。

说金圣叹是什么才子，当然不一定就恰当，如果说他是一个批点能手，也不能轻易否定。

金圣叹原姓张，“文倜傥不群，少补长洲博士第子员。后以岁试文怪诞黜革。及科试，顶金人瑞名就试，即拔第一，补吴庠生”。

看来，他的八股文，起码是做得不错的，但比较怪诞。怪诞之文，考秀才不太合适，但拿来批点小说，就别有意思，无怪出名了。

我们从他批点的两部书看，金圣叹的批点，至少有下面几个特点：

一、八股文的程式很熟练。

二、各种游戏文字，做得也得心应手。

三、《左传》，《史记》，以及佛教经典，确实认真读过，并从他的认识角度，有所领悟。

四、对于社会生活，人情风俗，世态炎凉，他确实用心观察过，并有切身体会。在批点小说时，触景生情，随事生发，是对小说的批评，也是对现实的揭示。把对社会生活，和对现实的感受，发挥到对小说内容、小说人物的批点中，是金圣叹的特色所在。

五、对文字语言方面的知识，对文章的取舍、剪裁、简练、通达，等等要领，还是懂得的，他的思路也活泼，手头也来得。

中国人读书办法很多，花招也不少。到了明朝，随着选家的兴起，在历代学者的注疏、正义、详解、集释之外，又发明了评点。先是用于时文墨卷，后来及于戏曲小说。评点简直成了读书人的一种学问，一种享受，一种癖好。因此金圣叹的别具风格的批点一出来，就成为这一方面的宠儿。

要说金圣叹在这些小聪明，小玩意，小技巧之外，还有什么更大更多的东西，也不可能。他没有什么进步的博大的思想，他的局限性很大，他所有的，只是当时士子的思想，或者说是不太得意的士子的思想。他更没有抗清复明的或同情李自成、张献忠的思想，他把这两个人视为流寇，深恶痛绝，他的被杀头，原来是个冤案。

清顺治十八年，皇帝晏驾，哀诏传到了姑苏，那里的官僚们举行"哭临"。一群秀才为了驱逐一个征粮苛毒的县官，在文庙集众"哭庙"。当地巡抚以为是抗粮，是聚众闹事，震惊了先帝之灵，上疏朝廷，文致其罪，酿成大狱。十几名士子弃市，财产籍没，家属充军。

金圣叹并不是第一次被捕的，是后来牵连进去的，所以有"杀头至痛也，籍没至惨也，圣叹以无意得之，不亦异乎"之语。当他初被逮至公堂时，"夹两夹，杖三十，圣叹口呼先帝，大人怒曰：上初即位，何得更呼先帝，以诅皇躬耶？掌二十，下之狱。"这时康熙皇帝已经继位了。这很像文化大革命时，出于好心，高呼万岁，却不慎把名字喊错了一样，立时定为"现行反革命"。

以上史实、引文，都见于《哭庙纪略》这本小书。

老实说，金圣叹有些批语，是很有味道的，真可为读者助兴。例如《水浒传》林冲火并那一段，他批道："不是威胁，不是势利，不是小恩小惠，写出英雄太山岩岩之象。"就对人很有启发。

读古书，没有注读不懂，但必须是学者的注，否则不如白文。面壁十年，白文在案，潜心默记，直至彻悟，终身不忘。自然不失为读书之一法，就是太苦了些。

至于读小说曲本，批注之有无，无关宏旨，自己领会最好。不过像金圣叹这样的批点，还是可以保留。能做这种"学问"的人，恐怕越来越少了。

一九八五年五月十一日

耕堂读书记

读《伊川先生年谱》记

我读书不求甚解，又好想当然，以己意度古人文词，所以常常弄错。查辞书的习惯也差。初中时，老师叫买《辞源》，我花了七块白洋买了一部丙种的，使用得不多，保存得很好。可惜在抗日战争期间，被汉奸抢走了。进城后又买了一部旧的，文化大革命期间，又被造反派偷去了。

比如“程门立雪”这个典故，本来一查就可明了的，可是我一直没去查考。因此，这个词儿，长期在我的脑子里形成的印象是：有两个弟子，去拜访程颐，程的架子很大，正在闭门高卧，两个弟子站在门外，天下着大雪，他们直直地立在那里不动。

晚年读了《朱子文集》里的《伊川先生年谱》，才知道并不是这么回事。原文为：

> 游定夫、杨中立来见伊川。一日先生坐而瞑目，二子侍立不敢去。久之，先生乃顾曰："二子犹在此乎？日暮矣，姑就舍。"二子者退，则门外雪深尺余矣。其严厉如此。

这说明，两个弟子是侍立在屋里，而不是站立在大门以外。是老师叫他们去睡觉的时候，出门来才看见下了大雪。

这里记述一下大雪，不过是为了增加描写的气氛。中国有许多散文，在结尾时，常常好用这个手法。这里，也反衬两个弟子侍立时间之长。

雪下到一尺深了，恐怕要有两三个小时才行。不过站在屋里，总比站在门外暖和多了，不然老师也不会老是闭着眼坐在那里。

这个典故是表明古人的尊师重道的。然而，老师不说话，闭着眼睛，也许是在想自己的心事，也许是对两个弟子无话可说，也许是今天心情不好。也不能因为这一件事，就给他下个"严厉如此"。因为另有记载："晚年接学者，乃更平易，盖其学已到至处。”

不过程颐这个人，确是有些言语和行动，不近人情。例如他给皇帝讲书，过去都是站着讲，他独独要求坐着讲，以明尊师重道。朝廷的体制，是那么随便改得的？又如课间休息时，年幼的皇帝攀折了一条柳枝，他就说道：“方春发生，不可无故摧折！”像训斥乡间小孩一样，弄得皇帝“不悦”。连举荐他来的司马光，“闻之亦不悦”。和他同朝做官的苏轼苏辙兄弟，对他也很不满意。苏轼在上给皇帝的奏折中就曾说：“臣素疾程某之奸，未尝假以词色。”

按说苏氏兄弟也属于司马光这一派，但他们是会做官的，是办实事的，是讲究通达的。对程颐这种过于矫饰的空言泛论，时常加以无情的讽刺，直至结下仇怨。当然，也有人说，其中掺杂着一些争名夺利的成分。

当时宰臣们荐举程颐的奏章，措词很高。其中谓：

> 言必忠信，动遵礼仪；矜式士类，裨益风化。材资劲正，有中正不倚之风；识虑明彻，至知几其神之妙。

但这些溢美之词，并不保证程颐有实际的工作经验和能力。到了京城，朝廷只给他一些管文化教育的闲散官儿做,除去叫他“说书”外,还叫他“兼判登闻鼓院”,就是叫他去管上访。他说:“入谈道德,出领诉讼”,不愿意干。其实这倒是一件实际工作。

苏辙背后对太后说这个人“不靖”,就是说他不安分。但他为什么竟能享那么高的盛誉,而屡次为名公巨卿们所推荐呢?道理是:对宰臣们来说,他们能给天子找到这样一个刚正纯粹的大儒,以为是尽了自己的职责,为太平盛世添加了光彩。对程颐本人来说,既然自己是因为刚正纯粹,被朝野看重,就无妨再加大这方面的资本,弄得更突出些。

这也是一种进身之道。不过也埋伏下了危机。当时朝廷的政局,像棋局一样,斗争激烈。等到荐引他的一派人失势,他也就跟着倒霉。或者他的一些奇特的令人非议的行径,给反对派提供了口实,把账算在举荐他的一派人头上。所以后来,谏议大夫孔文仲奏程颐:

> 汙下险巧,素无乡行。经筵讲说,僭横忘分。遍谒贵臣,历造台谏,腾口间乱,以偿恩仇。致市井目为五鬼之魁。请放还田里,以示典型。

以后又弄得:“其所著书,令监司觉察。”“事下河南府体究,尽遂学徒,复隶党籍。”就是说,不只著作被禁,株连弟子,而且又被挂上黑牌了。

如果他老老实实,在乡下聚徒授书,恐怕就不会有这样的遭遇吧!

一九八四年九月十四日改讫

读《朱熹传》记

我现在读的《朱子文集》,是丛书集成中的正谊堂全书本,共十册。清康熙年间张伯行编订。我另有四部丛刊本《朱文公集》,也是十册,是根据明刊本影印的。两相对照,张本删去的东西很多,主要是诗和奏议。他所编入的书信问答,都是关于性理之学的论辩,所录少量杂文,也都是与理学有关的。张伯行是清朝的理学家,用各取所需的方法,编集了这部文集。纪晓岚在《四库全书总目提要》中,对此曾加以严厉评讥。

这样编辑的文集,当然是有很多缺点的。不过,商务印的这部丛书集成,书版小巧,印刷清楚,校对也算精审,读起来很方便。而我那部四部丛刊本,因为是缩印,字体有些模糊,老年人读起来费力,只好作为参考之用,束之高阁。

张本前面附有朱熹本传。

熹生于建炎四年。成名很早,年十八贡于乡,中进士第。但官一直做得不顺利，有人为他统计,“登第五十年,仕于外者九,考立朝仅四十日”。主要是因为他的主张,与当时的朝论不合,皇帝不肯重用他。淳熙六年,朱熹上疏言事,皇帝读了大怒说:“是以我为亡君也。”宰相赵雄言于上曰:“士之好名,陛下疾之愈甚,则人之誉之益众,无乃适所以高之?不若因其长而用之,彼渐当事任,能否自见矣。”上以为然。

这是宰相替他说了好话,救了他。历史上常有这种例子,有人自以为忠,向皇帝直言进谏,结果惹得皇帝大怒,闯下杀身大祸,这时就常常有人,从旁讲这一类好话,使言者转危为安。当然,这也要看在什么时候,遇见什么皇帝。南宋之时,国家偏安,人才为重,注意影响,皇帝的脾气也好些。如果遇到的是清朝雍正乾隆那样的“英明之主”,就不听这种劝告。他们要想对付哪一个人,是先收集能使此人名声扫地的“材料”,或是动用酷刑,叫他招承一连串耸人听闻的罪状。这样一来,就是杀了这个人,他的名誉也不会再在群众中存在了。

因为朱熹赈济灾民有方,皇帝称赞说:“朱熹政事却有可观。”可见他还是有一些实际工作能力的。四部丛刊本的文集中,就保留了不少他从吏时的文书。

但他是继承周、程之学的,不甘心做地方官,而是想把他心目中的道统,推行于天下。他屡次上书,都是不合时宜的话,既惹得皇帝厌烦,也得罪了不少权贵。于是他的下场,就和他的前辈程颐一样了。

先是吏部尚书郑丙上言:“近世士大夫,有所谓道学者,欺世盗名,不宜信用。”后来监察御史陈贾又对皇帝说:“臣伏见近世道学,其说以谨独为能,以践履为高,以正心诚意克己复礼为事。若此之类,皆学者所共学也,而其徒乃谓己独能之,夷考其所为,则又大不然。不几于假其名以济其伪邪?”

这样,政府开始禁止他的学说。

后来因为他得罪了韩侂胄,韩竟诬他“图谋不轨”。把他和他学生,定为“伪党”、“逆党”,有人还上疏“乞斩朱熹”。

此时,他的“从游之士,特立不顾者,屏伏邱壑,依阿巽儒者,更认他师,过门不入。甚至变易衣冠,狎游市肆,以别其非党”。这种情景,和十年动乱中有些人的遭遇,何其相似!也可以说是够悲惨够凄凉的了。他活了七十一岁,死后才得平反。

我对朱子的学说,因为缺少研究,不敢妄加评议。但我尊重这位学者,我买了不少他的著作。除了两种文集外,寒斋尚藏有《朱子年谱》一部,他辑录的《三朝名臣言行录》和《五朝名臣言行录》各一部,《近思录》一部。此外还有《诗集传》和《论语集注》等。

他的一生,除去极力宣传他的正心诚意的学说,还做了很多有价值的学术工作,古书的整理集注工作。不过我也有些管窥之见,以为:孔子的学说,本来是很实际的、活泼的、生动的。孔子的言论,很少教条,都是从经验得来,从实际出发,以启发的方式,传给弟子。因此能长期不衰,而为历代帝王所重。而性理之学,把圣人的学说抽象了,僵化了,变为教条,成为脱离实际的意识活动,一般人既难以理解,难以领会,做起来也很困难,没有一定的标准。因此,也就常常与追求实效、习惯变通的政治,发生抵牾和矛盾,作为点缀还可,要想施之行政,就不为政治家所喜欢了。

一九八四年九月十五日

读《宋文鉴》记

《宋文鉴》，国学基本丛书本，共十六册。卷首有周必大的序。他说："文之盛衰主乎气，辞之工拙存乎理。"又说："天启艺祖，生知文武，取五代破碎之天下而混一之，崇雅黜浮，汲汲乎以垂世立教为事，列圣相承，治出于一。"

第一段话，是表明他对文章的看法；第二段话，说明宋自开国以来，在五代长期兵荒马乱之后，在文化典籍的废墟上，做了很多重建、修整和创造的工作。北宋时，他们编辑了几部大书，如《太平御览》，《太平广记》，《文苑英华》，广征博引，使得一些古书内容得以流传。司马光等人，又撰写了一部历史著作《资治通鉴》。历观各个朝代，在整理历史文化方面，宋朝的成就可说是最突出的。以上这几部大书，寒斋有幸，都已购存插架。因为有这个传统，南渡以后，他们还编辑了这一部《宋文鉴》，规模虽然不及以上各书，但在当时的情况下，也算很不容易了。

此集所选，断自北宋，周必大提出衡选标准：

古赋诗骚，则欲主文而谲谏；典册诏诰，则欲温厚而有体；奏疏表章，取其谅直而忠爱者；箴铭赞颂，取其精悫而详明者。以至碑记论序书启杂著，大率事辞称者为先，事胜辞则次之；文质备者为先，质胜文则次之。

《宋文鉴》一共一百五十卷。是吕祖谦编辑的。他选文的主张是：

国初文人尚少，故所取稍宽。仁庙以后，文士辈出，故所取稍严。如欧阳公、司马公、苏内翰、黄门诸公之文，俱自成一家，以文传世，今姑择其尤者，以备篇帙。或其人有闻于时，而其文不为后进所诵习，如李公择、孙莘老、李泰伯之类，亦搜求其文，以存其姓氏，使不湮没。或其尝仕于朝，不为清议所予，而其文亦有可观，如吕惠卿之类，亦取其不悖于理者，而不以人废言。

卷首《太史成公编宋文鉴始末》

他这些话，对编辑断代文学总集，是值得参考的，是合理可行的。

这部书的编辑,是由宋孝宗提起,由宰臣荐举人材。吕祖谦受命以后,只用了一年多时间,就编成了。因劳致疾,皇帝存问赏赐,并加封官爵。

历代编辑大部头书籍,都是由皇帝出面,委派大臣领其事,并组织书局,对编辑人员,待遇优厚,事成之后,都论功行赏。这也是历代皇帝对知识分子的一种团结使用的方法。朝野上下,都把这件事情看得非常隆重,参与者以地处清要,感到光荣。宋之编辑上面提到过的几部大书,明之编辑《永乐大典》,清之编辑《图书集成》,《四库全书》,无不如此。但有赏也有罚,不称职或弄出差错,都受处分。

《宋文鉴》的规模小,又在偏安之时,并无其他编辑人员列名,可能就是吕祖谦一个人在那里干。后来清朝编辑《四库全书》,总是用一些皇子、大臣领衔,不作实事,空得名誉。但既是奉敕编书,在圣旨下办事,还是郑重其事,要负一点责任的。

不知为什么,写到这里,一下子联想到,三十年代良友编印的《中国新文学大系》。是由书店聘请几位权威作家,分担各个文体的编选工作。其工作方式,是由书店先把有关材料送给编选者,由他亲自选好,然后作一序文,置于卷首,说明他编选的尺度和对已选各篇的评价。序文都写得非常认真精彩。例如鲁迅编选的小说二集,就是如此。编选者都亲自下手,用了很大工夫,注入了很多心血,有强烈的热情和责任感。书店投入的人力并不多,几乎是赵家璧一个人在那里跑上跑下。但书印得很成功,成为一代文献。

近几年来,各地编辑文学总集之风,又盛了起来,或以时代分,或以文体分,这自然是好现象。但常常不是由出版社出面,而是由一个什么编委会出面,这个编委会,自然都是名流,人员众多,机构庞大。但做实事的人好像不多。所需材料,常常不是自己去找,而是通知作品有可能被选的作家提供,有时还要求提供单面的印件,附带填写履历表,作品发表年月等等。主编者不直接从原始材料选稿,而是经过下面的人层层上交,最后定稿。这还能看出主编的取舍吗?有的甚至委托地方选稿,然后汇集上报。有的干脆请作家自选。这样一来,委员们岂不与过去那些空列头衔的太子太保,没有多大区别了吗?

这是编选方面的大概情形。至于出版周期之长(一般出版社,出一本书,正常周期是一年零六个月,有的要三年四年不等),校对之不负责,装订之不善,铅字的模糊,排版的不整齐等等技术问题,就先不用去谈,等待改革吧!

考察一下历史,一代文化成果的大小有无,常常与那一朝代对待知识分子的政策态度有直接关系。当前,国家正在大力改善知识分子的待遇,我们应该负责地出版一些从内容到形式,从质到量都是第一流的书籍了。

一九八四年九月十七日下午

读《沈下贤集》

一九五六年五月,我一个人南下游历,至南京,逛古籍书店,见架上有观古堂所著书及汇刻书一部,标价七十余元,以天晚,未及细看目录。那些年,我读了叶德辉所著《书林清话》等书,觉得他对古籍确有研究,文字亦通畅有条理,并听说他刻的书很有名,回到天津就汇款去买了来。一看细目,都是一些偏僻,零碎的书,对我有用的东西很少。唯其中有《沈下贤集》二册,这倒是我久想得到的书,因此,虽然花了那么多钱,买了一堆闲物,也就不觉得后悔了。

《沈下贤集》,过去确是难得。鲁迅先生在《唐宋传奇集》的稗边小缀中写道:"《沈下贤集》今有长沙叶氏观古堂刻本及上海涵芬楼影印本。二十年前则甚罕觏。余所见者为影钞小草斋本,既录其传奇三篇,又以丁氏八千卷楼钞本改校数字。”这说明此书过去只有钞本传流,而观古堂刻本,不只是近年首刻之本,而且也是值得重视的本子了。

沈下贤,据《四库全书总目》介绍,名亚之,吴兴人。元和十年进士。大和三年,柏耆宣慰德州,辟为判官。耆罢,亚之亦坐贬南康尉。他和当时诗人李贺、杜牧、李商隐都有交往,并被推重,可是他的诗在本集中,只保留十八篇。总目说,他为文“则务为险崛,在孙樵、刘蜕之间”。而称赞他的志趣为:“盖亦戛然自异者也。”

在唐人中,他并不是什么大作家,宋姚铉纂修的《唐文粹》只选了他的三封书信(《上李谏议书》,《上冢官书》,《与孺颜上人书》),一篇纪事(《李绅传》)。

鲁迅的《唐宋传奇集》,收录了他的三篇传奇:《湘中怨辞》,《异梦录》,《秦梦记》。这三篇,也都载于《太平广记》。

他的传奇,故事都很简单,附有诗词,写法也有些相同之处,并非唐人传奇中之杰作。然叙事简洁有力,则为沈下贤之特有风格。如《湘中怨辞》开首之对话,生曰:“能遂我归之乎?”女应曰:“婢御无悔。”遂与居。

在他的史实性纪事,读起来,文字有些晦涩,叙事无轻重，并非史才。但人物传记，则很有特色，简练生动，逼真传神。正像他自己说的："其夫以为沈下贤工文，又能创窈窕之思，善感物态。"（《为人撰乞巧文》）这些文字，读来惊心动魄，确有很大功力。也用他自己的话形容，则是："鼓吹既作，能使孤蓬自振，惊沙坐飞。"（《叙草书送山人王传义》）

他对自己的才能很自负，屡次直言不讳。在《文祝延》一文中，他又说："或谓军副者亚之，能变风从律，善阐物志。"

善感物态，善阐物志，都是说善于体会，善于描写。窈窕之思，则是描写中的作者的情思，也就是感情。

他有一篇人物传记，题为《冯燕传》。全文四百五十五字。其最重要一段文章如下：

> 燕伺得间，复偃寝中，拒寝户，婴还，妻开户纳婴，以裾蔽燕。燕卑脊步就蔽，转匿户扇后，而巾坠枕下，与佩刀近。婴醉目瞑，燕指巾令其妻取，妻取刀授燕。燕熟视，断其妻颈，遂持巾去。

这是一个非常紧张的场面，他只用了六十九个字，写了三个人物，在这一危险时刻的举动、心理、感情。其中“燕卑脊步就蔽”六个字，写得活灵活现，人物情状，如在目前。

我们不去评论文章中道德观念的是非。只是说明沈下贤体物传情之妙。这样一个三角关系，一个出人意外的结局，如果放在今天开拓型作家手里，至少可以写成十万字的中篇小说。

我们说，唐代散文，和唐代的诗歌一样，文字语言的修养和成就，达到了真美善的高度。这一高度，非宋人可比，元明勿论，也非蒲松龄这样有成就的作家可比。《聊斋志异》纪事，固有其文字之妙，但和唐人纪事比较，仍见其人为的痕迹。唐人纪事，一出天然，朴实无华，而真情毕见。作者能用最简练的文字，表达人物最复杂的心理。不失其真，不失其情。读者并不觉得他忽略了什么，反而觉得他扩充了什么。使人看到生活的精华和情感的奥秘。在描述中间，使读者直面事物，而忘记作者的技巧；只注意事物的发展变化，绝不考虑作者的情节构思。这才可以叫做出神入化。

文学艺术的主要标志，就是用最少的字，使你笔下的人物和生活，情意和状态，返璞归真，给人以天然的感觉。

姚铉在《唐文粹·序》中说:“世谓贞元元和之间,辞人咳唾,皆成珠玉,岂诬也哉!”

达到这种成就,并不是轻而易举的。要有作家的志趣和主张。沈下贤有一篇《答学文僧请益书》,说到下面一个故事:

古时有个锻金的匠人,能制各种金器,才智还用不完。但他的日子过得很苦,弟子相率而笑之,说:

“师傅的手艺可算高超,但你的收获,反不如烧土窑制瓦器的人,这是什么缘故?”

金匠对曰:

“烧制瓦器的人,操劳简单,看利也薄,他的制品,是卖给世俗用的,早晨买去,晚上也许破了,就回来再买一件。所以他的买卖,总是很兴隆,也就致富了。我的职业不同,我要苦思冥想,设计琢磨,一器成功,别人买去,就可以用一辈子,不用再置。所以我这里总是门前冷落,吃不饱饭。”

沈下贤是把文学看作“黄金之锻”的。因此,他的文章,能流传百世。

一九八五年五月十八日

读《哭庙纪略》

二十年前，买得商务印书馆辛亥年排印本《痛史》一部，两函共二十册。书上盖有湖南大学图书馆圆形印章，文内偶有墨笔批注，字迹细小劲秀，不知出自何家之手。有蛀洞，我曾用毛边纸逐一修补过，工程繁重，非今日心力可为。书套上标进货价为四元七角，我购书时，价则为十五元，盖经贾人屡次倒手。

《哭庙纪略》为《痛史》之第二种。线装十二页，薄如小米粒，原定价一角。民国初年，印书尚如此不惜工本。如在今日，整部《痛史》，也不过平装一厚册了事。如要线装，每册定价，就不堪设想了。

这样薄薄的一本小书，拿在手里，轻如鸿毛。读时或走或立，或坐或卧，均甚方便。而字又为黑体四号，老年人最是适宜，所谓字大行稀，赏心悦目者也。读时很高兴，十五元没白花，经济效益实足当之。

然书的内容，则甚凄苦，使人不忍卒读，屡屡放置，又重新拿起来，整整一个晚上才读完。

所纪为：清朝初年，江苏吴县有个姓任的县令，“至署升堂，开大竹片数十，浸以溺，示曰：功令森严，钱量最急，考成殿最，皆系于此！”“国课不完者，日日候比。”国课就是钱粮，比，实际就是刑讯。过去审案用刑，都叫比。四部丛刊中有一部书，叫《棠阴比事》。至于打人的竹板，“浸以溺”是什么意思，则不甚了了。总之，他如此酷毒，打死了不少人，自己却从常平仓中，贪污了一千石米。

当地一群秀才，对这个县令，很不满意。不满意的原因，除去同情受害者，也可能有本身的理由。正赶这个时候，顺治皇帝逝世，哀诏传到了这里，地方官设幕府堂，哭临三日。秀才们乘此机会，把文庙的门打开，哭庙，要驱逐县令。

事情闹大，上司过问贪污一事，县令却说，自己到任不久，无从得银，“而抚台索馈甚急，故不得已而粜粮”。这样又把巡抚攀扯了进去。

但是，巡抚给皇帝上了一个疏。内容要点：

一、“看得兵饷之难完，皆由苏属之抗纳。”

二、秀才“厕身学宫，行同委巷。当哀诏哭临之日，正臣子哀痛几绝之时，乃千百成群，肆行无忌，震惊先帝之灵，罪大恶极”。

三、“县令虽微，乃系命官，敢于声言扛打，目中尚知有朝廷乎？”

四、“串凶党数千人，群集府学，鸣钟击鼓，其意欲何为哉！”

此疏一上，奉密旨，十八名秀才处斩，其中八个人包括金圣叹，妻子家产，还要籍没入官。巡抚当然没事，县令也复了官职。他回到衙门，“谓衙役曰：我今复任，诸事不理，惟催钱粮耳！”变本加厉了。

过去，有师爷、讼棍、刀笔之说。能够把有说成无，把无说成有。细玩此疏，可以领会其一二。其最大特点，为审时度势，激怒朝廷。当清初时，东南一带，还不巩固，时有叛乱。正在用兵，钱粮最为重要，聚众最为不法，秀才带头，尤触朝廷大忌。师爷们从这些地方入手，收到了预期的效果。我劝写文章的同志，看看历朝的官方文书，特别是清朝的各种档案材料。还有皇帝的谕旨，例如雍正皇帝的朱批谕旨，是很有好处的。这不是教人学打棍子，这是一种特殊的文体，常常是关系一人或许多人身家性命的文体。

一九八五年五月二十六日

读《丁酉北闱大狱纪略》

中国的科举制度，不过是朝廷取士的一种手段，士子上进的一个阶梯，但它却能在中国戏曲、小说、诗歌各个艺术领域，占很大位置，篇目繁多，层出不穷。并通过它，反映出伦理、道德，荣辱、沉浮，人生遭际和社会心理的各个方面。这不能不使人惊奇。

科举不单纯是可以考中秀才、举人、进士，主要是可以做官。做官就不是一个人的事了，它要影响家庭，影响父母、妻子、亲朋故旧。十年寒窗苦，一朝人上人。其中还富有偶然性，甚至戏剧性。京剧中的《连升店》，最能反映这一点。一旦中了，则为世俗景慕；屡试不第，就成了念书人最大的悲哀。

关于科举，我所知甚少，前些日子听说有一本专著要出版，也没得买到。至于八股文到底是怎么个做法，也一直弄不清楚。只知道，这件事很严重。考场叫闱，住房叫号，主持其事的，都是朝廷派的大官。主考官以下，又有很多房官。试题保密，卷子弥缝，进场搜索，饮食大小便都不许出来。但还是有私弊。有关节，有夹带，有冒名，有枪替。因此，科举史上，屡兴大狱。

《丁酉北闱大狱纪略》是《痛史》的第三种，也是薄薄的一册，书前有顺治十七年信天翁的题记。文字体裁，都不及《哭庙纪略》。

这是清朝初年科场的一次大狱，牵连很大，死人不少，被揭发的问题，主要是“卖关节”。

这批考官：

> 虽名进士，然皆少年轻狂，浮薄寡虑。其间虽未必尽贪财纳贿，而欲结纳权贵，以期速化，揽收名下，以树私人，其用心则同也。然径窦嘱托甚多，而额数有限。闱中推敲，比之阅文以定高下者，其心更苦。

考官斩首，新中式的举人，也都倒了霉，接连逮捕入狱。后经天子恩典，举行复试。“每人以满兵一人夹之”，士子们怕交白卷，遭极刑，只好战战兢兢“尽心构艺”。

然而，杀头也好，籍没充军也好，科场既是猎取名利的最有效手段，其中流弊就不能根除。清代中叶以后，朝廷对于此中的事，也就眼睁眼闭了。每到各省该放考官的时候，皇帝总是选出一些他所喜欢的在京文官，叫他们去充任“学政”，并下谕旨：“某省着某某人去！”被命的人要陛辞谢恩。这是皇帝对他们的一种特殊恩典。知道他们当京官清苦，故意叫他们到外地去弄些“外快”。所以文官们都盼着这一任命，高高兴兴地离京，一路之上，遇见风景名胜，还要吟诗作赋，等任务完成，满载而归，再刻一本日记或诗集。

远在唐朝，就有人看出科举不是好办法，但碍于朝廷功令，大家只好走这一条路。唐朝的许多诗人，都有进士及第的头衔，并不证明，这一制度，真能网罗人才，失去的，恐怕比得到的多。所以罗隐感慨地说，科举取士，“得之者或非常之人，失之者或非常之人。”明达之士，都不以中与不中论英雄。

平心而论，封建帝王选择了这样一种方法，也自有他的难处，不如此，又何以考成殿最，平息纷竞？他那时又不能成立人才开发中心，举行公民投票。这样做，权当抽签撞运罢了。

小说描摹科举的很多，以《聊斋》写得最好。作者一生考试不利，感触体会很深，所以写来入木三分。写得最好的，还是他那篇短小的故事，题目忘记了，故事是：兄弟二人同去应考，正值热天，婆婆监督两个儿媳厨房做饭。一会儿报喜的喊老大中了，婆婆就笑着对大儿媳说：“你快出去凉快凉快吧！”大儿媳高兴地走了，只剩下二儿媳一个人擀面。过了很久，忽报二儿子也中了。二儿媳当即把面杖一扔，说：“我也凉快凉快去。”

作家用很少的字,写出了应考时,一家人的心理,神情,焦虑,盼望,嫉妒,得意。人情世态,都在其中了。

一九八五年五月二十七日

我喜爱的一篇散文

一九八五年一月三十一日晚七时，读一九八四年第六期《随笔》头条散文《配眼镜遭遇记》,赵大年作。

这是一篇用现实主义手法写成的散文，我一口气读完,兴致很高,时时为其文字抒发之妙,哑然失笑。很久没有读到这样令人兴高采烈的文字了。

所记也很平常,不过是配眼镜的事。但写得真实可信,使读者如同身临其境,亲自体会。正因为我用三元钱购买的,戴了十几年的老花眼镜,近来也有些不合适,想换一副。只是长期不好进商场,也不好到医院,以上二者,都视为畏途。一看到这个题目,有动于衷,就想看看,事出偶然,竟意外地得到一次读书的快乐。

我和作者,素不相识,前几年在《花城》上读过他写旗人妇女的一篇小说,曾打听过作者的情况,但未得要领。

今天读了这篇散文，好像对作者有了进一步的认识和感情。不过，说好说坏，完全出自客观，其间并无私情。

目前，散文虽然多起来，但引人入胜之作，并不多见。我以为不少散文，缺乏现实主义精神。本来，散文不同小说，现实意义，理所当然的应该大些、多些，其实不然。有些作品虽然是记事写景，但因为作者的立意不妥，就使所记之事，所写之景，失去了本色本性。这里说的立意不妥，包括浮夸不实，自我卖弄，要求功利，哗众取宠等等。一篇文章之中，有其一点，足以使所写所记，失魂落魄，只剩皮毛。况有的文章，以上四点，全都有份乎？

有人提倡，指摘当前创作缺点，最好举出实例，我还没有那等天真勇气，只能按照老习惯，笼统言之，信不信由你好了。如果再说得具体一点，那就可以举出：比如有了“权”的人，他的散文，就容易流露一点“威”；有的人考场得意以后，他的散文，就容易带一点“躁”。这两种气，不管如何表现，对作文都不利。

所谓用现实主义的精神写散文，就是用实事求是的精神写文章。实事，就是现实；求是，就是现实主义。生活自是生活，现实自是现实，粉饰不得，歪曲不得。但并不是说，作者对生活和现实，不能有所评价。个人的企图，个人的打算,自然不能强加给生活,不能强加给现实。但是可以通过对现实生活的忠实描述，表达作者的淳朴的心意和愿望。这样的散文,能使人信服,使人爱好,当然还要有文采。赵大年的这篇散文,就是如此。

一九八五年二月一日

耕堂函稿

致广州万振环

振环同志：

今天下午读了你的两篇《往事的回忆》——《虔诚》和《菊妹》。按其结构来说，都可以称作小说，虽然都是你亲身的经历和见闻。

小说以描写、叙述、对话为主，而构成篇章。在这三方面，我认为你都做得很好。语言不烦絮，叙述简洁，描写也适当。在文字上的修养，你都是有很好的基础的。

最主要的是你的思想修养和感情表现，是高尚的，不是庸俗的；是真诚的，不是虚伪的。无论是散文或小说，这都是作品的精髓所在，表现作者的气质和修养，是出于天生的，也即是自然的，想掩之而不得，想矫饰亦不可能的。

所以说,你的写作是有前途的,应该多写一些。主要是写真实的东西,包括取材和叙事。

两篇的结束处,真有些蛇足之感。前者结尾,两个男子的表现,是多余的部分;后者的结尾则为说教了。文章正文,事实已足以说明问题,就可不必再加这一段了。

因为精力,只选读了这两篇,并提些可能是不着边际的意见,请你原谅。剪报托报社挂号寄还。

祝

好

孙　犁

一九八五年六月十一日

致海南黄宏地

宏地同志:

看过了你寄来的四篇散文。其中有两篇,是写景物的;有两篇是记人物的。

我觉得你的文字简净,叙述明快,结构也不拖拉,这是写散文的基本功夫,你有这个条件,可以写好散文。所以完全没有必要彷徨苦闷,莫知所从。

你所以会有消极的想法,可能是看到散文,目前还有很多别的形式,别的写法。我劝你,不要去看这些,也不要为它迷惑。你只要按自己的想法,按自己路子去写。你的写法是真诚的,朴实的。

中国的散文,都是有所为而写的,作家在阅世之余,常常思考着一个问题,一个道理,从一篇文章中,把这个道理揭示出来。

这个道理,常常是通过一件事,或一个人物表现出来。这个道理并不是高不可攀的,更不是玄之又玄,凡夫俗子所不能理解的。恰恰相反,这个道理常常是一个浅而易见的道理,人人体会过的,充满人世之间的,但还没有人这样通俗地、明确地提出过。

作家通过一个普通的人,或普通的事,把这个普通的道理,揭示出来。所有伟大的散文,伟大的作家,都是如此。匹夫为万世师呀,一言为天下法呀,圣经格言,无不走的是这条路。

有人经历不多,未受心灵苦难,未见人世真伪,下笔之前,先拟哲理,那都是欺人之谈,不要信他。

这当然不是说,孔子耶稣,韩柳之文,没有异乎常人之处,是信手拈来的。他们的特点是:先有丰富阅历,后有远见卓识。

中国的散文中,也有感兴。你的散文,也有感兴。什么叫感兴?就是在记述真人、真事、真情之时,作者出于真实的感动,所发出的真诚的感叹。感叹的基础是真情,真情的基础是真事。如所记非实,徒作感喟之词,岂非无本之木?想用它去感动别人,那可能吗?

也得谈谈你的散文的不足之处。你年纪还轻,所以文字也有些稚嫩。你的缺点,只能以你的年龄的增长来抵消。但多多思考一些问题,多读一些书籍,还是有帮助的。经典著作,不能轻视,流行学说,可以分析。

前蒙捎来大海螺,非常感谢。剪报仍托大光寄还。

此信草草,不妥之处,请原谅。

祝

安好

孙　犁

一九八五年十一月八日大风寒

致北京葛文同志

葛文同志：

收到你十一月七日信。

田间同志的逝世，使我非常痛苦。我们之间，也不是没有过小争吵、不愉快，但我总觉得他是一个忠厚的人，真诚的人。这种人，目前并不是随处都可以遇到的了。所以，我很怀念他，因为怀念他，今天见到你的信，我的感情又很波动，几乎流出泪来。

你知道，这两年，一些老熟人，不断地逝去，我却很少写悼念文字。因为有些人虽然很熟，但留在我心中的印象，总不太明确，觉得文章不好写，也没有多少话好说。另外，也接受一些经验教训，话说得直了，家属不高兴。家属总愿意把文章写成悼词似的。这种心情可以理解，但写起来就没有意思了。

老田是例外，是我夜里起来写成的。我也没有忌讳，我知道，即使我有些话说错了，你和孩子们，还是可以谅解的。

古人云：死者已矣，生者何堪！但是时间会渐渐沉淀生者的痛苦，向别的方面转化，用有效的工作来纪念死者。

这也是我对你的希望。把老田的遗著，好好整理一下。你自己也可以多写些文章。近年投稿不易，不要管它，认为有意义的，就用心把它写出来，总会有用的。

我一年不如一年，今年尤其显得衰老。心情忧郁，几乎是足不出户，文章也写得少了。总没有给你们写信，原因就在这里。

保重自己的身体吧！有机会可以到天津来玩玩，天津家里还有人吗？

孩子们也都大了，我想他们会好好工作，用成就来纪念他们的父亲的。

祝

好！

孙　犁

一九八五年十一月八日中午

致丁玲

丁玲同志：

晚饭前收到了您九月九日写给我的信，像往常一样，读过以后，我处在一种非常兴奋和激动的心情之中，不得不吃罢饭就拿起笔来,在灯下给您写回信。

关于办刊物的事,我早已听到,并见到报道,邹明同志回来说得很详细。我非常高兴,要尽一切力量为它服务,十月初,我要寄一篇短文去。(最近,我只能写些短文,而近几个月里,连短文也很少写了。)

前不久,我已向报社编委会和市委宣传部提出申请,辞去《天津日报》的顾问名义,以及其他事务,要求离休。前此,并已提出辞去天津作协分会的职务。其主要困难,是我感到越来越力不从心,集中剩余的一点精力,写一点东西。老是不前进,这是我一生最大的缺点,您是最了解我的人。所以刊物编委就不要再列我的名字,不然,向报社和市委都不好说话了。

热烈地期待刊物的创刊,祝安好,并问陈明同志安好。

孙　犁

一九八四年九月十一日

致 李 准

李准同志:

今天上午石坚同志送来大作上下集。下午收到惠函,多年不见，得聆雅教，非常高兴，非常感激。

所谈皆系闻道之言，受益甚多。弟自五十年代中期罗疾以来，写作很少。“文革”以后，劫后余生，有所抒发，实已无当年意气。至于名利是非，弟青年时代或有此念，今行将就木，已完全淡然。近年来，中国庄老哲学，亦有所悟，然道理融会于心，遇有事情袭来，则又易于激动，心浮气躁，徒增衍尤，故知闻道一途，亦知之易，而行之难也。今足不出门庭，不欲见客之名已远播，其效果犹如此，深以钝根天生为苦耳。

兄“敲钟”之说，甚好，正对我的毛病，当谨记之。

大作当从容阅读。我也是很久不看长篇小说了。短篇偶尔看一些，近年兴趣亦大减。然兄之作品，弟素日甚感兴味，此长篇的一些断片，似曾读过，印象甚佳。俟读完后，当写些意见，或文章，或信件，到时再定。

望多联系，时赐教言！

专此，祝

全家安好

孙　犁

一九八四年十月十日

致王蒙

王蒙同志：

柳溪同志携来惠赠小说集，甚为感谢。名篇似锦，皮架增辉，当从容拜读，以为艺术之享。

弟年老多病，精力衰减，今年写作甚少，俟有成篇，当寄呈请教。

祝

撰安

孙犁

一九八四年十一月二十八日

致冯立三

立三同志：

惠函敬悉。入冬以来，身体不适，事务亦多，每天坐不下来，小说虽放置案头，也只是每天晚上阅读一二章。进度太慢,恐误事,有负你和李准同志的嘱托。然此种情况,一时不能改变,犹豫多日,只好早些告知,求得谅解。我仍当努力进行,实不能预料结果如何耳。现在看来,任务重在读书,而不在写文章。然读书可是不能马虎的,请将此情况,便中向李准同志透一透,无任感谢!

祝

编安

孙　犁

一九八四年十二月十日

致房树民

树民同志:

收到来信并寄来的报纸,甚为感谢。你调动工作的事,我前几天就听到了。换个地方也好,新环境总会使人振奋一下。像我几十年蛰居在一个地方,实在不是办法。出版社现在的困难也很多,但慢慢会好起来,你和维熙同事,再好不过了。请代我问候他。

你好久没有写东西,现在是否还把笔拿起来,写小说一时如有困难,可写些散文、读书评论之类的文章,这和你看稿也有联系。总之,我希望不断看到你的文字。你的文字朴实而简洁,文法修辞,也有素养,我一向是很喜欢的。

祝

好

犁

一九八五年十月二日晨起

致梅梓祥

梓祥同志:

看过了你寄来的《母亲琐记》,我觉得写得很好。形象动人。

散文以纪实为本,当然可以剪裁,组织。但无论如何不能虚构,不能编造故事以求生动。你这篇散文,有个别处,使我感到不大真实。如“第三个对象”,有黑麻子,那是谁都可以一目了然的,为什么你看不出来,还要母亲去“暗地察访”?这种写法,即使在小说里,也是漏洞,就不用说散文了。

也许我的感觉不对。我只是说，在你这篇散文里，好像有一些描写、渲染，近于小说，无怪编辑把它编进小小说栏里去了。

总之，写散文，就当作散文写，写小说就是另一回事了。

祝

好

梨

一九八五年十月二十四日

致康迈千

迈千同志：

两信均收到。故人情怀，十分感谢。所提意见，颇受教益。

我今年从夏天起，身体情况不佳，写文章也少了。有时想写点，也觉得无话可说了。所以发表出去的，常常是近于无聊之作，事后又颇悔之。文字生涯至此，恐将结束。读书兴趣亦大减，每日困居室内，足不出庭院。有时也想出去走走,又以生活习惯多毛病,怕给别人增加麻烦,嚷一阵就又过去了。明年春天看吧。希望你注意身体。

犁

一九八五年十一月十五日

致韩映山

一

映山同志:

来信收到。今天收到房树民寄来的《中国青年报》,读了你写的《修书》。

我觉得写得很好,有些真实感。写这种文章,最怕添油加醋,也怕只讲道理。主要应写被记的人的言与行。而且最好是多记些无关重要的小事,从中表现出他的为人做事的个性来。例如你记的,我要为你修书的一段就很好,很有风趣。

我是无足记述的。自己也不愿写回忆录,发表的《善闇室纪年》,也只是寥寥数语,一年就过去了,甚至一年之中,连寥寥数语也无。为了不给你泼冷水,故作鼓励之辞如上。

不好发表,是可以想到的。现在文章,一是要看谁写,二是要看写谁。我和你,都不是时兴的人物。

不过,最近几天,见到和听到一些有影响的理论家、批评家的言论,又在作大幅度的转动,强调现实主义和中国传统了。

祝

全家安好

犁

一九八五年十月二日

二

映山同志:

前托报社寄还刊物二种,想已收见。其中一篇,我删去了有关家乡的两段。青年时写作,考虑不周,借用一些真名,所写内容,实与人家无干。说话也冒失,如说所写人物,都有一个真实的模特儿等等。你形成文字时,万望代我注意及此。不然极易引起误会。发表过的文章,如有类似情况,也希推敲,然后出书。《中国青年报》上新发的一篇,也读过了。最后引我说的几句话,末一句,似欠含蓄。

以上都不是什么大问题，是我近来读了一些别人写我的文章,引起的感想,也可以说是多虑,通报给你。因为文字,得罪人,是难免的。但我很不愿因为写小说,得罪乡里。当初也实在没有这种意图。

祝

好

梨

一九八六年四月二十九日

致姜德明

一

德明同志:

前后来示都收见,赠书拜谢!

我常常做梦逛旧书市,所遇都是丛残无用之品,空手而归,醒后怅怅!你在现实中去买旧书,所遇恐与我梦境相似。我常常想:我们现在还留恋此道,恐时时刻刻都在失望之中。同时,你前来信提到的:要用笔记体作品招揽青年读者，私意以为其结果将与逛书市同。不知你以为然否。

拙作《远道集》因出版周期太长，失去了时间性，我对它没有兴趣，手下无存者，当向出版社索要一册，得到后即寄呈。新年好！

孙 犁

一九八四年十二月三十一日

二

德明同志：

屡奉长函，不只颇为受益，且亦感激盛情。

弟今年入夏以来，以环境干扰，心情颇不佳，写作亦停顿很久，加以年龄关系，身体精力，亦日见衰退。但如兄说移京居住一事，则不可能，亦不甚愿也。姑自安之，在这里将就下去吧。

“金”(《金瓶梅》)书正如兄言，造诣甚高，然弟青年时，对它估价甚低，此亦片面之见。此次则阅读稍用心，每晚读一二回，并作些笔记，然亦时有中断，至今尚未通读完。报纸所发文章，实亦无甚新意，不过其中也有些感慨，兄定能看出。

祝

好

梨

一九八五年十月一日

三

德明同志：

天津已经买不到明信片，十年来的习惯，只好改变一下。邮局不再出售此物，恐与不能获利有关。

十一月一日惠函，今天上午收到。给文汇的那篇稿子，原有十节，不知为什么，只摘编了其中四节短小的，另加号码登出。使读者不知我为什么在晚年时，如此广为树敌，一段文章得罪一家刊物？其余六节，文字都较长，也都是泛泛讨论学术，却没有了下文。去信问余仙藻同志，尚未得到回话。近年投稿，还没有遇到过这种情况，徒唤奈何。如果只是此四节，我哪里会预先给你去信！

今年是我的本命之年，又是中国民间常说的一个“坎”，事情多不顺利。我每日都处在一种韬晦求安的心情中。文章也写得少了，确实觉得也没什么好写的了。回忆已陆续写完，琐谈已无话可说，至于文艺评论之类，因很少阅读作品，也以为少讲为好。真像遇到一个坎一样，心情大不似前几年了。

正在考虑死后，书籍如何处理的事。所以也不再买书了。但每天晚上，还是读一些，碰上什么就是什么，多是旧书。最近《蓝盾》编辑部，送我一部《三希堂法帖》，对写字我也兴趣不大，草字又不能读，好在前些年，我在北京买了一部《释文》，读读书法家的尺牍。觉得古人写信，虽简短，多应酬，却也真有动感情的地方，也能表现处世交友之道，也反映不同的社会风气与士大夫的风格。宋人和元明人，就有很大不同。

祝

好

孙　犁

一九八五年十一月三日晚

致山西杨栋

一

杨栋同志：

收到你九月五日信，非常感谢。

关于住房，哪里谈得上卢梭的“退隐庐”，连想也没敢想过。我只是需要一个安静的地方。而安静二字，现在是越来越难说了。有时也想到山林，但人除了安静，还需要穿衣吃饭。比起衣食，安静就只能退居次要的地位了，所以我一直还住在这个人海里。

从这个城市中心到郊区田野，坐汽车也要走一个小时。一九四九年进城时，我是走进来的。现在如果有什么事情，我是绝对走不出这个城市了。一想到这里，就如同在梦中，掉进无边无际的海洋一样，有种恐怖感，窒闷感，无可奈何感。

我的老家还有几间旧房。新近村里来信说，接连下了几场大雨，老屋就要倒塌了，侄子们打算分用那些木料。如果是这样，我的老家就是片瓦无存，回去也无立锥之地了。

市里对我的住房，也不是不关心。他们几次劝我搬到单元房，但我没有去。单元房上下干扰得厉害，我现在住的是平房，虽然老旧，四周嘈杂，上下还是可以放心的。当然还有雨漏之灾，狐鼠之患。

总之，我恐怕就要在这个地方寿终正寝了。

关于你要在十月份来看望我，如果你方便，我是很欢迎的。不过，我一个人生活，又有病，恐怕不能很好招待你。我不善交际谈话，会使抱有热诚之心的青年人失望。

你要带给我几十斤小米，这确实太多了。我一个人，每天熬一次粥，能用多少米？另外，这里离老家不远，亲戚们每年都给我捎小米来。我没有冰箱，小米好生虫，一到夏天，我就得端出端进，忙于晾晒。因此，如果你要带，十斤就算不少了。

抗战八年，我吃的山地小米不少，至今对山区农民的养育恩情，还没有丝毫报答，我想起来也是很难过的。我感谢你那当医生的爱人的拳拳之心。

希望你多读书，细读书，多跑路，写好文章，不断开创自己的新路。

祝

好！

孙　犁

一九八五年九月十五日

二

杨栋同志：

你寄来的四篇散文，我今天才看了。现寄还你保存。

我觉得《买书》、《谈电影欣赏》两篇比较好，因为这是你的直接感受，是真情，所以写得自然可信。两篇游记，写得也不错，但我觉得写得杂了一些，有求全的毛病。用词也有时重叠，不简练。

你的文思很敏，语言修养也有基础，以后可以再写得含蓄一些。有了深刻的感受，才能写出深刻的文章；泛泛地走走看看，也就只能写些泛泛的、面面俱到而没有新意的文章了。写游记，不能写出来像山水导游介绍一样。要着重写你有所感的那一部分。——这只是供你参考。

祝

好

孙　犁

一九八五年十一月二十四日

三

杨栋同志：

来信及先后寄来的小报，都收到了，看到你写的一篇速写。你可以练习写一些短篇小说，多投稿。

那本《老荒集》还没出来，说是五月份出。书到后，我叫晓明给你寄一本去。这部稿子,交去整整二年了,真没办法。《中国》上有一篇稿子,是他们电报约写的,寄去八个月才刊出。发表一点东西,如此之慢,真使人写作兴趣大减了。

我一切如常,希勿念。希望你在家乡安心工作。

祝

好

孙　犁

一九八六年四月二十九日

致天津袁玉兰

袁玉兰同志:

我看了你写的两篇散文(剪报),一篇小说。你的散文写得很好,文字朴素清丽,情意委婉闲适,这种题材,这样写法,还是很适合的。小说的结束,有些突然,是读者意想不到的。这种写法,不一定效果好,意义不深。小说以发掘日常生活为主,越是日常习见的,越有意义,偶然性的东西,可供一噱,是没有多少回味的余地的。小说前部的对生活的描述，还是写得好的。我这里很杂乱，简复，希谅。

祝

好

孙　犁

一九八五年四月十七日

《书衣文录》拾补

小　引

余前辑存书衣文录，近二百条，已刊行矣。去冬整理书册，又抄存前所未录者若干条。前之未抄，实非遗漏。或以其简单无内容；或有内容，虑其无关大雅；或有所妨嫌。垂暮之年，行将已矣，顾虑可稍消。其间片言只语固多，皆系当时当地文字。情景毕在，非回忆文章，所能追觅。新春多暇，南窗日丽，顺序排比，偶加附记，藉存数年间之心情行迹云。

一九八六年三月四日记

广艺舟双楫

久别重逢，如久违之石。惜君尘垢蒙身，亟为洁修整装，亦纪念此一段经历也。

一九七二年十一月于多伦道宿舍

附记：

此证余已搬回原住处，然身处逆境，居已不易。花木无存，荆棘满路。闭户整书，以俟天命。

商务版学生字典

余识字不多，典故知识尤少。但不好查辞书。此次大部辞书失去，只留此小字典。老年多忘，愿养成遇生字即查字典之良好习惯，减少念写错白字的过失。手头有此废纸，为之包装，保其洁整，乐于触摸。

一九七四年十二月十四日时屋内颇暖

敦煌古籍叙录

一九七五年一月二十一日上午装,室外飞雪。

聊斋志异(中)

此奇作也,而蒋瑞藻作小说考证,斥之为千篇一律,不愿再读。余则百读不厌。蒋氏所指,盖为所描写男女间之爱情,以及女子之可爱处。如此两端,在人世间即如此,有关小说,虽千奇百态,仍归于千篇一律。蒋氏作考证,用力甚勤,而于文学创作,识见如此之低,何耶?

一九七五年二月一日下午偶记

附记:

此次再检小说考证,不见蒋氏此说。忘其出处,或余误记。

蒲松龄集(上)

文绝一体,艺专一技。天才孤诣,况凡夫之庸疏乎!蒲氏绝其才力于一书,所遗于人者,已号洋洋矣。而人犹妄求其他,冀有所发见,亦人情之常也。夫参天者多独术,称岳者无双峰。昼夜经营,精极一体,其他诗文,只能看作是成此大功之准备。读其杂著,而有才尽之憾者,其商贩之见乎?

花好月圆,流年似水,亦此理也。

一九七五年二月三日睡起记

蒲氏困于场屋,而得成志异大业,诚中国文学之大幸也。又以身居农村,与群众接近,所为杂著,亦具风采,惜此集未收其家政内外等篇也。

一九七五年二月三日下午,院内小孩,争放爆竹

二月四日下午,余午睡,有人留柬夹门缝而去,亦聊斋之小狐也。

是日晚七时三十五分,余读此书年谱,忽门响如有人推摇者,持眼镜出视,乃知为地震。以前未有如此剧烈者。

小说考证(上)

一九七五年二月五日中午,装书避嚣。

西湖游览志

余于二月十四日,到报社上班。今日上午为人改通讯稿一篇。下午粘废纸为此书包装。上午外孙来,又为我买好烟五包,并帮家人和煤泥。小孩安稳寡言,颇有礼性,老年见此,心甚怡悦。

一九七五年二月十六日晚记

龚自珍全集(上)

昨夜梦中惊呼,彻夜不安。

一九七五年二月二十二日

晏子春秋集释(上)

晨发一信。

从摄影同志索来旧封套数枚,用装书册。

京师坊巷志稿

一九七五年三月十一日,灯下装。时只闻壶水沸声,其他情景,不可知也。

明宫史

余有海山仙馆本《酌中志》。

一九七五年三月十一日灯下

茶余客话

昨晚新纠纷起,余甚惑。

一九七五年三月十三日

七修类稿

近日情状,颇似一篇聊斋故事。

一九七五年三月十三日

玉台新咏

毋先天成,毋非时而荣。先天成则毁,非时而荣则不果。(古帛书)

一九七五年三月十九日下午

明清笑话四种

戴角者无上凿。同上。

弢园文录外编

此包装废纸,余喜其厚重,而效果实不佳,色太劣耳。

一九七五年三月二十六日灯下

弢园尺牍

整日烦躁,晚尤甚,而艾文会来。告以病,不去。伺余用饭毕,此公之故态也。

一九七五年三月二十六日灯下

附记:

此实文会对我之关心。文会已作古。求实心、热心帮人如彼者,今已难矣。余好烦,得罪好朋友,而文会不以为意,甚可念也。文会晚境寂寞,思之黯然。

续藏书

张为购此纸,变花样,实不雅观。

近日,余在书皮上乱书之堂号、斋名有:晚秀庐、双芙蓉馆、晚娱书屋、娱老书室、梦露草堂等等。均属附会风雅,百无聊赖之举动。

一九七五年三月二十七日

梨园按试乐府新声

送走二位女郎,正要清静,晚上小伙子又来探问,实令人烦。

一九七五年四月二日灯下

郑板桥集

三月末，家来客，二位小姐。余心不靖，意态有烦。而张以为慢，遂强打精神应付之。今日下午，二客外出，乃裁纸包书，而心中甚不平。此病态也，余当戒之。

一九七五年四月二日

宣和画谱

余尚有书谱，在佟楼卖书时，误卖去下册，遂将上册送下雪松君，彼甚好书法也。

一九七五年四月二日下午

石涛画语录

第一字误书，前此未有也。

一九七五年六月二十二日

庄子集解

喜怒哀乐,不入于胸次。

一九七五年八月六日

戴东原集

连日大热,今日上班,从纸篓中,收得此纸。

一九七五年八月十八日

淳熙玉堂杂记

此汲古阁刊本也。存之藉知其刊书体式。

一九七五年十月二日

昭代名人尺牍小传

纸富则惠及劣书。然余既存有尺牍数种,则此书或将有助于用乎?

一九七六年一月七日下午

牡丹亭

今日余心烦甚。中午,儿子来接大女儿去佟楼住两天,余谓女儿:父安静安静。女不欢。今家庭各有愁闷事,自顾不暇,不能为他人宽心解闷也。手头有此纸,觅一书包装之。

一九七六年二月二十四日黄昏

曹子建集(上)

又值岁暮。回忆一年之内,个人国家,天事人事,均系非常。心情百感,虽易堂名为晚舒,然不知究可得舒与否。仍应克励自重,戒轻戒易,安静读书,不以往事自伤,不以现景自废。

一九七七年二月十四日下午

附:

书衣文录再跋

余向无日记。书衣文录,实彼数年间之日记断片,今一辑而再辑之。往事不堪回首,而频频回首者,人之常情。恩怨顺逆,两相忘之,非常人易于达到之境界也。堂皇易做,心潮难平。时至今日,世有君子,以老朽未死于非常之时,为幸事。读文录者,或可窥见余当时对生之恋慕,不绝如缕,几近于冰点,然已渐露生机矣。

一九八六年三月六日晨起改讫记

附　录：

孙犁致康濯信

——一九四六年至一九四八年

一九四六年三月三十日①

康濯　肖白②同志：

你们的远道来信我收到了。孤处一村，见到老朋友的

---

① 这是孙犁同志从冀中乡下寄到张家口的信。冀中即河北中部平原地区，是抗日战争和解放战争时期晋察冀边区所属的一个区，相当于一个省；孙犁是该地人，也是抗日初期在该地区参加革命工作。一九三九年以后，孙犁曾离开冀中，调到住在冀西山区的晋察冀边区机关工作，那以后的部分情况，我在《孙犁书信发表前言》中介绍过一点。孙犁到冀西后，也回过冀中区。一九四四年他从冀西跟随一部分干部被调往延安。抗日战争胜利后，又从延安回晋察冀边区，并仍返冀中区工作。这封信和这里发表的下面九封信，都是从冀中所写。

一九四五年八月抗日战争胜利，晋察冀的八路军首先解放了张家口，晋察冀边区领导机关随即从山区迁至该地，我也随之到了张家口。孙犁从延安回晋察冀后，先到了张家口，我们见了面，他又去了冀中。

② 肖白，晋察冀边区的青年作家，我的湖南同乡和高中时代的同学，也是孙犁的朋友，当时在《晋察冀日报》当编辑，曾和我一起写信给孙犁，他是向孙犁约稿。此信即孙犁给我们的复信。肖白在新中国成立后已转入另外的战线工作。

笔迹,知道朋友们的消息,甚高兴,慰藉之情,可想而知。

我一直在蠡县刘村住了三个月，几乎成了这村庄的一个公民,人熟地熟,有些不愿意离开。因为梁斌同志的照顾,我的写作环境很好,自己过起近于一个富农生活的日子,近于一个村长的工作,近于一个理想的写作生活。但春天到了,冰消雁来,白洋淀诱惑力更大,且许多同志鼓励白洋淀纪事,本月中旬,我就往沙河坐小船到白洋淀去了。

我写了几篇东西，整理出来的有《钟》(一万多字)、《碑》(六七千字)。本来我想赶紧寄给你们,先睹为快。但是这里有个副刊《平原》,也很缺稿,恐怕要先在这里印一下。呜呼,冀中这个地方,竟还要我们这些空洞文章,以应读物的饥荒,可惭愧也矣。

这里许多干部对文艺非常爱好，他们几年间出生入死,体验丰富,但都以为自己不会写而使文艺田地荒废,事实上只有他们才能写好的,有希望的是他们,肖白说是我,错到天边去了。

但也刺激了我,正在努力深入生活,和努力写作,我也不应该叫你们太失望的。

这里很可以印些东西,肖白如有可能,能往《解放日报》,《新华日报》,《晋察冀日报》,代我搜集到《丈夫》、《村落战》、《爹娘留下琴和箫》、《白洋淀一次小斗争》(新华)、《游击区一星期》(新华)[1],就好了。我想弄个小集印印,这里文艺读物太缺乏。

过去我对保存作品太不注意,也是抽烟纸缺,都抽了烟了,后悔无及。

我祝你们身体、工作好。

并问候诸同志。

孙　犁

三月三十日

一九四六年五月二十日

康濯同志:

前曾由蠡县赴张[2]受训同志带去一信,略报我的生活和工作情形,想已收到。今接四月五日来信,我正以父丧

① 这里是孙犁同志要搜集的他的作品,后来都找到了。

② "张"指张家口。

家居[1]，敬再把这一时期的生活和工作告诉一下，以慰远念。

我到冀中后，即到蠡县一村庄下乡工作，名义上为帮助县里工作，但以梁斌同志在此，诸多关照，写作时间很多，但以既然要接近群众，则整个时间很少，且一深入村庄，则感到以前所知，直皮毛也不如，既往所谓长篇设计，实以不符现实体格，故所成都为短篇，原村庄纪事及白洋淀则未能续写。当然疏懒多事，创作气魄的短小，也不无原因。即短篇所就，亦不进色，前已寄呈一篇，可知概况。

蠡县三月期满，按原来计划，即去白洋淀，路过军区，正值冀中八年抗战写作委员会成立，蒙王林同志援引，将忝为一员，羁留河间，白洋春水这一年，是观光不成了。委员会工作刚刚开始，即以父病，遄返故里，侍奉不及一旬，父亲去世，家中生活，顿失轨道，于万分烦躁中，把葬事及未来生活略为安顿了一下。

现三七已过，即拟返军区看稿子去了。

近三月来，张家口时有人来，先是彦涵，继之舒非，彦

---

① “家居”，孙犁是安平县人，当时父亲不幸逝世，他回安平乡下住了一段日子。

在白洋淀，舒在七分区。最近邓康[①]又以老板面貌到达胜芳(接到他一封信)，邓兄以贸易起家，以文学为修业，艺人商隐，可比卓文，不但生活可爱，其方向实可为文艺工作者前途所参考，近梁斌身兼蠡县书店老板，也具体而微的是这么回事。

但来信所提《北方文化》登载我那两篇散文，颇引起不安。《战士》内容还略可记忆，《芦苇》不知说的什么，如为一打鱼老头故事，则我已在延安改写，发表在《新华日报》，无论其拙劣空洞，就此一点，已可为人所指责，为自己所惭羞了。这样的事，已经不是一次，我曾失笑于自己的"旧调翻新声"的办法，《芦花荡》一篇实有相同于《爹娘留下琴和箫》，近写成一篇《"藏"》，实与《第一个洞》相类似，转来转去，我问自己，想不出个新故事来吗？如来得及，可抽出来[②]。

以上实无怪罪你的意思。

虽系你的关心，也可从此证明张家口创作的荒凉，《北

---

① 邓康，晋察冀边区的青年作家，一九四〇年八月后，同田间、孙犁、曼晴和我等同在边区文协工作，一九四三年晋察冀作家应毛泽东同志《在延安文艺座谈会上的讲话》提出的号召，纷纷下基层工作，邓康是下到了曲阳县基层的供销合作社，此后几十年一直搞商业，前两年还是黑龙江省供销合作社负责人，他老家在黑龙江省，抗日胜利后从张家口回了东北。

② 这里所提孙犁的两篇散文是写得不错的，信中只是他谦虚之意。

方文化》一二期我也看过，印象如你所比拟。兄之大作[1]也看过了，手法上的遒劲凸峻，我要学习，因为文章不在手头，以后再谈详细观感。

王庆文[2]之出现，增加冀中文艺运动无限信心，王氏作品，大小近数十万言，此人现在张家口邮政局，王林已经想法叫他回来整理他的创作。

但在张家口，有成就者闻系俞林同志。我在《晋察冀日报》上，读了他一篇《旅伴》，庆慕之至。写的自然和谐洋溢着冀中味道，听说他写了一个长篇，你看过吗？

冀中八年写作运动，可涌现大量新人才。此运动内容分三方面：1.冀中简史；2.创作丛刊；3.类似"冀中一日"[3]。规模很大，人们的信心也坚，总之会比冀中一日再好些，王林，路一，秦兆阳，李湘洲，胡丹沸均参加编辑工作。

敬礼

孙　犁

五月二十日

---

① 指我的短篇小说《初春》。

② 王庆文，当时出现的冀中地区优秀业余作者。

③ "冀中一日"，指晋察冀边区的冀中区在一九四〇年发动的"冀中一日写作运动"，当时规模和成绩都很大，有的作品至今仍保留下来，并还将流传下去。

一九四六年五月二十六日至三十日[①]

康濯同志：

昨日发一信，详情不另。兹托张庚同志[②]带去《钟》一篇，你看看是否可找地方发表，并来信提些意见。自觉其中小资情绪[③]浓厚，不过既然产生，也有珍惜之念罢了。

近安并问候

丁克辛[④]、肖白诸同志好。

孙　犁

五月二十六日

康濯同志：

《钟》外另捎去《藏洞》一篇，来不及抄，如能发表，望兄

---

① 这里三封信是装入一个信封内一起寄发的，所以只算了一封。

② 张庚同志当时是张家口华北联合大学文艺学院主要负责人，一九四六年曾去冀中区考察，这是孙犁托他带回张家口的信。

③ “小资情绪”，即小资产阶级情绪。当时曾有人片面地批评孙犁的作品有“小资情绪”，这种批评显然不妥，有点“左”的味道，孙犁同志自己也是不以为然的。

④ 丁克辛，晋察冀边区的青年作家。丁曾同孙犁和我一起在边区文协工作过，后一直从事业余写作，新中国成立后还写过作品。

代为校一下,可添可去,任凭你修改。

孙　犁

五月二十九日

再附上原删除稿纸三张,兄看过,如以为故事线索有此一段好一些,则酌量增加进去好了,一切由你,我完全信任。

总之,初经丧变,我安不下心去弄这些,我的情形你知道。而他们走得又紧。

听说你调去编刊物①,如有可能望寄我一些。我要下乡,下了乡看书很困难。而没书看,就苦死人了。

孙犁　又及

五月三十日

---

① 所说调我去编辑刊物,是指把我从编《边区工人报》(三日一期),调去编《时代青年》半月刊。我从一九四〇年冬同孙犁一起转到边区工、农,妇、青群众团体后,即一直在后来这些团体联合成立的边区抗联会(边区各界抗日救国联合会简称)工作。《边区工人报》是边区工会机关报;《时代青年》是边区青年联合会机关刊,这一刊物中文艺的比重不小,当时还发行到国民党统治区北平、天津,也曾发行到香港。

一九四六年七月四日

康濯兄：

接到你六、十二、十八的信，是我到八中去上课的炎热的道上，为了读信清静，我绕道城外走。红日炎炎，而我兄给我的信给我的感觉更如火热，盖小资之故。我觉得我自己已懒得做又懊悔没做的事，你都给我做了。而且事实比我做得好。《北方文化》以及副刊①上的《芦苇》等我都看见了，因为你的一些修改，我把它剪存下来，我以为这样才有保存的价值。说实在的，溺爱自己的文章，是我的癖性，最近我在这边发表了几个杂感，因为他们胡乱给我动了几个字，非常不舒服，但是对你的改笔，我觉得比自己动手好。

但是，如果弄成这么一种习惯，写的稿子胡乱寄给你，

---

① "副刊"指《晋察冀日报》文艺副刊，"《北方文化》以及副刊上的《芦苇》等"，即前面五月二十日信中孙犁谦虚地表示写得不好的几篇散文。我把这些文章分别送到成仿吾、周扬主编的晋察冀边区的大型综合刊物《北方文化》以及《晋察冀日报》副刊发表后，读者反映不错。孙犁在这里又把那几篇散文的价值归之于我对文章中个别文字的改动，自然更是谦虚之至；其实我的改动可能还是有损于作品的。至于信中对我的工作的表扬，自也同样是过分了。

像《藏洞》一样，不知你麻烦不？

主要的是我从你的信里，感触到了一种愉快的热心工作的影响！我甚至觉得，你不断地替别人做了工作，自己倒很高兴满足了。

你知道，从家里发生了这个变故[1]，我伤感更甚，身体近来也不好，但是我常想到你们，我常想什么叫为别人工作（连家庭负担在内），小资产阶级没办法，我给它悬上了一个“为他”的目标，这样就会工作得起劲。

因此，倘以八年来任何时期工作相比，我现在的工作之多，力量的集中，方面之广——都达到了最高峰。父丧回来，我接手了副刊《平原》，创刊了《平原杂志》，身兼八年写作运动委员，另外仿外面“文人”习气，在八中教着这么一班国文。

我觉得努力多做些工作，比闲得没事伤感好多了。

这就是我最近的生活。但并不是放弃了写作，秋天，我有两个月到三个月的写作时间，我酝酿着一个浪漫的白洋淀故事。

至于我的刊物[2]，可不能和你们的相比，《时代青年》我

---

① 家里的“变故”，即五月二十日信所说父丧。
② “我的刊物”指此信中前面提到的《平原杂志》。

看见了，它很好，你们人手多，写文章的人也多，外来材料也多些。但在冀中写综合文章的人很少，我一个人又要下蛋，又要孵鸡，创刊号出版了，有点像“文摘”。回头寄你一期，帮帮忙吧。

所苦恼者，咱在冀中也成了“名流”，有生人来，要去陪着，开什么会，要去参加，有什么事，要签名。我是疏忽惯了的，常自觉闹出了欠妥之处，烦扰得很。

但另一方面，我好像发现了自己的政论才能，不断在报纸上，杂志评论栏上写个评论文章，扬扬得意(寄你几个看看)，但欢喜的时候并不长，不久一个同志就指出，我的政论是一弓调调三联句，句句紧。这很打击了我的兴头。

为什么到八中去上课，好像上次信上谈过，其实还有调剂生活的意味，跑跑路，接近接近冀中的新一代男女少年，比只是坐编辑室好。

好像还有一个问题没交代清楚，为什么一下担任了这么些个工作，不写东西了吗？这些工作，自然是工作需要，也出于自愿，我是把写作时间集中到一个时段里去了。为了生活的方便。

我眼下不想回张家口，冀中对我合适。家里也要照顾。

明天,我就得去看看他们,在这样热的天,要走一百四十里。

常给我来信吧,你那得意的作品也给我寄来吧。

克辛兄《一天》[①],新到,读过后,写信去。

敬礼

孙　犁

七月四日下午

一九四六年七月三十一日

康濯兄:

这两天我在旧存的《解放日报》上剪读了你的《灾难的明天》和陈辛的批评[②]。这篇稿子寄到延安时,我正束装待发,没来得及看。

我以为陈辛的批评是不错的。

---

① "克辛"即前面提到过的丁克辛,《一天》是他发表的一篇小说。

② 《灾难的明天》是我写于一九四三、一九四四年间的一篇小说,一九四四年冬天,我从晋察冀边区通过部队的通讯系统寄往延安,后连载发表于《解放日报》一九四六年一月十八日至二十二日四版上,二十二日并同时发表了陈辛同志写的评介文章,肯定了作品的成就,也指出了不足。孙犁这封信谈到这篇小说,很明显是过誉了。

我觉得小说的好处表现在作者对生活的深入调查研究,用心的观察体会,因此它不与主题思想两家皮。我觉得一个南方人，对这里的人民生活和情绪体会到这样非常不容易。

从这篇小说唤起了我山地生活的印象,不瞒老兄说,我因为老是有个冀中作目标，我忽略了在那里生活时对人民生活的关心,现在我差不多忘记了那里的山水树木。读过后,我觉得那里的人民是这样更简单可爱,例如老太婆,虽是常常要个心眼,但是她也叫我同情,心眼也简单可爱呀！现在我才进一步想到人民斗争成绩的丰富和辉煌。在这样的地方,人民生活在极困苦的条件下,创造了这样美的动人的故事。

我和别人谈过,你老兄是谨严的小说作风,从这一篇我学习了不少东西,正好医治我这乱弹现象。我写就发展不了这么多情节过场,及至后来,你竟是低回往复地唱起歌来了。

另外,我觉得这篇凡是有关心理的描写都很好,好在它不是告诉人说:这是人物的心理呀！而是那么自然而深刻地与行动结合着,甚至引得我反复读,奇怪你为什么能弄得这么没有痕迹。例如婆媳在纺线上的纠缠便是。

我自然也同意陈辛说的那故事进行有些滞碍。例如中间那一段"就从退租说吧……"我觉得就有碍人前进阅读的不妥地方。

关于老太婆年轻生活的插写一段,就好些。这自然也许是我爱好的偏见。

关于用语,邓康说有些南腔北调,我只觉得在语言上还不完全精练,你不爱雕词琢句,也是你的好处,不过像:

"老把式到底可强哩!"

就不如说成:

"还是老把式!"

我想编一套农村生活小说丛刊,供给农村阅读,我想这篇算一册,我写篇"怎样读和怎样写"附在后面。

后面谈谈我的现状,现状没有分别,八中走了,少了兼课,轻闲一些,写了一篇《冰床上的叮咛》,寄上。身体如常,工作顺利,一切勿念。

沙可夫同志来信,备极关心,甚至要我去张家口,我想是传说我的生活困难,有些过于夸大的缘故,事实上,没有什么。我已经给他去信,我要在这里留一个时期,再说。

昨天读到了,《晋察冀日报》副刊上一位白桦同志对

《碑》的批评[①]。我觉得他提出的意见是对的，但有些过于严重，老兄知道，咱就怕严重，例如什么“读者不禁要问：这是真实的吗？”我不是读者，我是作者，但是我可以说是真实的，因为事情就发生在离我家五里路的地方。

批评者或许对冀中当时环境不甚了了。文章内交代得明白，战士是夤夜到村里，秘密过河行动，别的村人并不知道，他们迫进河流，已抵绝路，因此起初只有一家人那么沉重。

及至小姑娘给一些人说明，他们“感到绝望的悲哀”也不能说是“太寂寞了”，有什么寂寞的，那不是看戏，一群战士迫于绝路，又不能救助，低下头来，感到悲哀，并不是小资情绪。要怎样描写？拍手叫好？还是大声号哭？

并且，他们观战也不是“冷静的”，没有同情”，“没有敌忾”，没有这个，没有那个。

文章写得明白，起初是长期对战争的渴望，他们来观战，这在平原上是常有的事。及至大雾消沉，看出形势不利于我们，他们才悲哀绝望。

---

① 此处所提写文章批评《碑》的白桦，不是现在的作家白桦，也不是曾任天津市委宣传部负责人的白桦，其情况不详。他的批评文章是“左”的思想的产物。

我那一段描写，是太冷静了吗？怎样写才算热烈？

他还谈到老太太的“转变”，我那老太太并没有什么转变。什么她的转变不是基于对敌人的仇恨，批评者如何知道？难道一定要写一段转变的基本动机吗？

而那基本的东西是写过了的。

这个批评我觉得不够实事求是。

以上不过是说着玩玩，助兴而已，我不打算来个什么反批评。有时间多写一段创作也好。

冀中没什么新鲜事可告。听说不久成立文联，自然没有什么新鲜。河间有个大戏院，每天唱旧戏，观众拥挤。《平原》增刊上来了一次佯攻，他们很不高兴。

崔嵬要成立科班。王林改小说和准备结婚。秦兆阳也在八年编委会①。

敬礼

孙　犁

七月三十一日

① 崔嵬、王林、秦兆阳，当时都在冀中。崔“成立科班”是指崔嵬同志组织剧团和举办戏剧、文艺工作者的训练班等活动。

一九四六年八月二十八日

康濯兄:

前去一信,并寄稿《冰床上》一篇,不知收到没有?近来路上雨水大,好久接不到张家口的信和书报了。我担心那稿子也会弄湿。

昨见电报,郭沫若先生称许你的《我的两家房东》[1],电报上漏了你的名字,他们来问我,我说这可问对了,那是康濯。你赶快寄给我看看吧。

周扬同志选的作品[2],净是哪些人,哪些作品?诗和报告的选集也印了吗?小说选能买到吗?

我现在还在河间,土地改革时,可能下去。

专此

敬礼

---

① 此处所指郭沫若提到我的小说《我的两家房东》的文章有两篇,一篇是《〈板话〉及其他》,一篇是《谈解放区文艺》。

② 这里所问周扬同志选的作品,共两册,总名《解放区短篇创作选》,上册是小说,下册是报告文学。上册选了丁玲的《我在霞村的时候》,孙犁的《荷花淀》,孔厥的《一个女人翻身的故事》,以及邵子南、束为、秦兆阳、韦君宜等十多人的作品,也包括《我的两家房东》。

孙　犁

八月二十八日

牢寒[1]同志寄来一册《少年鲁迅读本》,我觉得过去的东西,现在印出来看看也不错。因此,我想起了以前写的那本鲁迅的故事,请你代我登报征求一下,如能找到,如能重印,请你代我删节一下,删去那些不带劲的部分,保留那些有"创作"意味的部分吧。

又及同夜

一九四六年九月一日

康濯同志:

前天发一信,随后即收到你的信。

---

① 牢寒,抗日战争前即在上海《中流》等刊物发表过小说,抗日时期在晋察冀边区也发表过小说、散文。战争中和新中国成立后主要从事教育工作。战争时期是在晋察冀边区政府教育处编《教育阵地》等刊物和其他读物,孙犁的《少年鲁迅读本》就是他编的文艺读物之一。新中国成立后一直在教育部人民教育出版社工作。"牢寒"是笔名,真名刘松涛。

创作选集此间尚未见到，以后可见到。《长城》[1]见到了，很富丽充实。《李有才板话》，我有一原本，《小二黑结婚》及其他一种未见到，以后可见到。据所读《李有才板话》印象，确是一条道路，我特别感觉好的，是作者对人物环境从经济上的严格划分，以具现其行动感情。而我常常是混合了阶级感情来赋予人物，太不应该。

至于在《李有才板话》里，运用旧小说，很有成绩，然前部人物不分，后部材料粗糙，也是在所不免。我以为中国旧小说的传统，以《宋人平话八种》为正宗，以水浒、红楼为典范，再点缀以民间曲调，地方戏的情趣——今天的新小说形式，确是应该从这些地方研究起。

《钟》一篇不发表最好。但我又把它改了一次，小尼姑换成了一个流离失所寄居庙宇的妇女，徒弟改为女儿。此外删了一些伤感，剔除了一些“怨女征夫”的味道。我还想寄给你看看。

对于创作上的苦恼，大家相同。所不同者，你所苦恼的是形式，而我所苦恼的是感情。我看了周扬同志的序言[2]，想

---

① 《长城》是张家口文艺协会办的大型刊物，由丁玲、艾青、沙可夫、萧三和我等人任编委，沙可夫主编，一九四六年夏创刊。

② 周扬同志的序言，即《李有才板话》一书前面的《论赵树理的创作》。

有所转变。

前寄去一篇《冰床上的叮咛》不知收到没有?

丁克辛同志一篇《春夜》[1],我看过了,我也觉得不好。我觉得我们发表作品,以后还是慎重些才好。影响是要注意的。

你的什文我看过。觉得还好。

关于对象问题[2],我曾想过,你如能到冀中来,想法介绍一个。但也不易。冀中妇女,干部太少,农村过剩。而农村妇女的习惯是要本地人,有产业,年龄不大。因此外乡人就很困难了。想冀晋也差不多是这种情形。如此,我考虑还是奔都市好一些,只要年岁小些,性格好些,相貌有可取之点就行了,选择要慎重,但无须太机械。

做文艺工作的,严格说起来,写小说的人,很难找到好老婆,太认真是他的致命伤。

八中走了,我教书的事情没有了,不很忙了。

秋安

---

① 丁克辛的小说《春夜》发表后,受到报刊的批评。那篇小说确有毛病,孙犁也表示了这一看法。

② 当时我刚有对象,孙犁还不知道。

克辛、崇庆[①]同志望代问候。

孙　犁

九月一日记者节

一九四六年十一月二十三日

康濯兄：

你到阜平以后的信[②]收到了，前些日子曾寄上一信，不知收到否？

我到九分区一趟，日前返此。联大及文工团来[③]，冀中文艺界顿显活跃，《平原杂志》亦将有新决定，我继续编辑第六期，四期不知见到没有？

见过你的信，望我能有“重要作品”问世，按我现在情形，就是有不重要的作品写出也好，情形已大体如上信所

① “崇庆”指刘崇庆，当时同我一起编辑《时代青年》，新中国成立后担任过《新观察》编辑，已逝世。

② 国民党军于一九四六年秋开始大规模进攻我解放区，晋察冀边区机关、部队于当年十月十日晚撤离张家口市，边区机关迁回阜平县山区。这是我到阜平后收到的孙犁第一封信。

③ 我们从张家口撤退以后，华北联合大学及其文工团搬到了冀中区农村。

叙,主要我蹉跎时间,并没打开生活之门。但见到你的督促,这两天,我也写了两篇短东西,其中一篇名《我的堂叔父》,系仿老兄《我的两家房东》笔意,算是我和了一首吧,但自然逊色多了。

《冰床上》一篇,前我兄所论甚是,今后我要在意识上避免这些东西,前天写了一篇乡居印象,末尾不觉又犯了老病,足见这毛病非改掉不可的了。

现田零、李黑[1]均住我们这里,帮着弄年画,附带的任务是解决婚姻问题。

敬礼!

孙 犁

十一月二十三日

---

① 田零、李黑都是延安鲁迅艺术学院美术系出来的画家。

一九四八年九月七日

康濯同志：

你离石门[1]之次月，我们也匆匆回来，根据上级的意见和我们的要求，我将到深县做实际工作，详细情形，到那里再告。

我们的刊物[2]，不知出了没有？很希望能早日看到，我还是希望报纸副刊能多登一些文学创作，藉以繁荣市面。

临来时曾语艾青同志，请他把你寄他的我的两篇稿子，仍旧交你。这并非想发表，请你把我的几篇原稿，并你以前代为搜存的一些我的印出稿，用妥当办法，寄给《冀中导报》社转我，我把它保存起来，作为自己过去一段惭愧的纪念吧！

印出稿中，特别是《丈夫》和《爹娘留下琴和箫》两篇，

---

① "离石门"，指我和孙犁同志在石家庄参加一次会议后离去。一九四八年，解放战争节节胜利，晋察冀边区和晋冀鲁豫边区这两大解放区联成一片，合并成立了华北人民政府，设石家庄附近。当年八月，两个解放区的文艺工作者在石家庄开会，成立了华北文艺协会，简称华北文协。

② "我们的刊物"，指华北文协成立后准备出版的刊物《华北文艺》；当时我已调去任该刊编辑。

万万请你给我找到。

我留在曼晴[①]那里一篇《光荣》，无论他发表与否，望兄能过目一下，给我提些意见，我一直认为老兄是我的作品的最后鉴定人。

我到深县，不是做副宣传部长，就是做副教育科长，虽系副职，照顾"创作"，但我倒是想学做一些文章以外的实际工作，藉以锻炼自己一些能力。改变一下感情，脱离一个时期文墨生涯，对我日渐衰弱的身体，也有好处。其打算就不过如此。

深望能见到你的创作和议论。我还有一篇东西没有写好，但自从石门回来，把写作情绪中断，又不知什么时候完成了。

另外，我今年春天寄周扬同志一篇《园》[②]，但他说没有收见，我已各处打探此稿下落，如他能找到，交到你那里，你看看，不行，也就寄我好了。

专此

① 曼晴，老诗人，一九四〇年曾和孙犁与我一起在边区文协工作过。一九四八年在冀晋区文联工作，又调石家庄文联工作。

②《园》这篇作品后已找到。

敬问：

嫂夫人同小孩子好。

孙 犁

九月七日

欧阳山、陈企霞，杨思仲[①]诸同志大安不另。

一九四八年十月六日

康濯兄：

得接来信，甚慰。

我已到深县半月有奇，任宣传副部长，但在形式上仍系客串性质，因我的吃穿，还是冀中文联供给。这主要是冀中干部调动频繁，如此，可以有些把持似的。

在这里工作很好，同志们多系工农干部，对我也还谅解，我分的职责是国民教育、社会教育，包括乡艺运动，今冬明春，在深县范围，我们要发动和检阅一下沉寂良久的乡村艺术。

---

① 欧阳山、陈企霞，当时都调华北文协负责《华北文艺》的编辑工作。杨思仲，即陈涌，当时也在石家庄附近。

关于那几篇稿子,老兄所提意见很对。昨天同这里同志们谈起写东西,夜晚睡下,想到一九四七年只《园》一篇而已,今年三篇小东西,即留给曼晴的《光荣》、《采蒲台》和已发表的《种谷的人》。蹉跎一再,回首茫然。

老兄对我所提希望,应该能够如此。一切毛病,总是自己不长进的结果,其中主要的还是工作太少了。好像忘了自己眼下就并非"而立",却即进入"不惑"之年[①]似的。但这些还不是主要问题,主要问题在于,我总要在这一生里写那么薄薄的一本小说出来才好。这是我的努力方针。

秦兆阳同志去了[②],想已安置好了。望代我问候他。冀中的情形仍旧。

专此

敬礼

弟 孙 犁

十月六日夜

---

① 这里提到"而立"、"不惑",实际情况是孙犁生于一九一三年,一九四八年三十五岁。

② "秦兆阳同志去了",指秦已从冀中区到我们住的石家庄附近来了,当时秦也调《华北文艺》任编辑。

(以上十封信的注释,皆系康濯同志所作。——犁注)

后 记

以上，是我一九八四年三月至一九八六年五月，所写文章的汇集。两年的时间，仅得这样一本小书，较之前些年，确实是步履蹒跚了。

其内容，仍与前几册相同。过去的事，居十之五；眼前的事，居十之五。关于未来和明天的，几乎没有。这证明，在我的身上，浪漫主义的色彩，越来越淡了。

当然，这并不是我对将来和明天，失去了信念和希望。相反，这种信念和希望，像我前几年写过的一首诗里提到的，将牢固地伴随我的终生。

我只是觉得，我老了，应该说些切实的话，有内容的话，通俗易懂的话。在选题时，要言之有物；在行文时，要直话直说，或者简短截说。

我看到当代作家的一些文字或言论。有些人总想把话说得与众不同;把话说得充满哲理,以便别人看出:这不是一般人能够说出的,只有天才的作家,才会说出这样的语言。

我不知道别的读者怎样,每逢我看到拐弯抹角,装模作样的语言时,总感到很不舒服。这像江湖卖药的广告。明明是狐臭药水,却起了个刁钻的名儿:贵妃腋下香露。不只出售者想入非非,而且将使购用者进入魔道。

古今中外,凡是真正的哲人,凡是伟大的文学家,他们的语言,都是质朴的,简短的。道理都是日常的,浅近的。

陋巷二字,虽不雅训,却出自圣人经典,也就是那些质朴简短的文字之中。我七岁时,入乡村小学,学校门口虽然悬挂着两面虎头牌,却原是一家农舍,处在一条陋巷之底。

我在这里读书识字,受到教育。并从此有了念书人的经历,有了自己的一生。

及至老年,我相信,过去的事迹,由此而产生的回忆,自责或自负,欢乐与悲哀,是最真实的,最可靠的,最不自欺也不会欺人的。

仍然是陋巷里发出的弦歌。

孙　犁

一九八六年六月二十五日下午作